MÉMOIRES

DE

MADAME LA MARQUISE

DE CRÉMY.

De l'Imprimerie de CHARLES, rue de Seine.

MÉMOIRES

DE

MADAME LA MARQUISE

DE CRÉMY,

ÉCRITS PAR ELLE-MÊME.

TOME SECOND.

A PARIS,

Chez Léopold COLLIN, Libraire,
rue Gît-le-Cœur, n° 4.

M DCCC VIII.

MÉMOIRES

DE Mme LA MARQUISE

DE CRÉMY.

〰〰〰〰〰〰〰〰〰〰〰

LETTRE

DU CURÉ DE CALIDANT.

❦

« Il est très-vrai, Monsieur, que j'ai enterré hier deux domestiques du Château, qui sont morts d'une petite vérole pourpreuse ; cette maladie m'enlève déjà vingt paroissiens, sans compter un nombre d'enfans. Il est tout auss

vrai que M. Galidant , effrayé de
ces désastres , est parti pour fuir
un air très-mal sain à respirer, et
que M. de Villemort son ami est
très-dangereusement attaqué ; à
moins d'une espèce de miracle , je
regarde comme impossible qu'il en
revienne ; mais tout dépend de la
volonté de Dieu. Voilà , Monsieur,
ce que mon ministère me permet de vous marquer de positif
dans le moment actuel. Je souhaite
avoir satisfait à ce que vous désiriez
savoir , et suis avec respect. »

M. de St.-Sirant nous fit part
de cette lettre. Pour le coup, il
n'y eut plus de doute sur cet
article, et la journée ne se passa
pas sans que tous les autres ne
fussent pleinement éclaircis.

Vers le soir, un soldat vint demander à parler à madame de St.-Sirant de la part du curé de Calidant. Madame, je n'ose pas me nommer, lui dit-il ; les lettres que j'ai l'honneur de vous remettre me feront assez connaître ; permettez que je n'attende point ici votre réponse ; si mon faible témoignage est nécessaire, vos gens me trouveront à un pas ; j'ai ordre de mon maître d'avouer la vérité, et je suis prêt à l'exécuter ponctuellement. Mais, Madame, ne m'exposez point au ressentiment de M. votre mari ; vous sentez que toutes mes fautes sont involontaires, que j'étais en quelque sorte obligé d'obéir à mon capitaine.

Pendant qu'il parlait, madame de St.-Sirant lut la lettre du curé ;

comment! s'écria-t-elle, vous êtes
ce misérable Larose ? Sauvez-vous ;
que mon mari ne vous voie point.
Allez, malheureux, allez ; et que
la colère du ciel qui tombe sur
votre maître, en vous servant
d'exemple, vous apprenne à mener
une meilleure vie : puis elle rentra
chez moi. Voilà, me dit-elle, voilà
ce qui va mettre le sceau à votre
justification, Mademoiselle ; je m'en
réjouis bien sincèrement, quoiqu'on ne puisse s'empêcher de dé-
plorer les crimes d'un homme qui
les expie d'une manière aussi ri-
goureuse. Enfin, respectons les
décrets de la Providence ; Dieu nous
rappelle à lui par différentes voies :
prenez, Mademoiselle, prenez ce pa-
quet, lisez-le ; et je me persuade que
vous ne pourrez refuser un pardon

que je suis chargé de solliciter pour un malheureux qui n'a peut-être pas deux heures à vivre.

Tous les sentimens qu'inspire la véritable pitié, dont la charité est la base, étaient peints sur sa physionomie. On eût dit qu'elle avait oublié les insultes directes et indirectes de M. de Villemort, pour ne voir que son repentir. La générosité de son ame passa dans la mienne; moi-même je me sentais touchée. M. de St.-Sirant, qui aurait rougi de partager notre émotion, nous dit : En vérité Mesdames, ce sont bien là des propos de femmes. Pourquoi ne pas aller au fait? Que M. de Villemort meure, ou ne meure pas, qu'est-ce que cela fait à la chose? S'il est coupable, c'est une faiblesse de le plaindre; si ceci

est un nouveau jeu des deux amans
qui s'entendent ; autant vaut-il l'approfondir tout de suite , et ne pas
être leur dupe plus long-temps.
Madame de St.-Sirant voulut l'interrompre : Madame, Madame, reprit-il , j'en sais plus que vous.
Qu'est venu faire ici ce matin le
sieur Larose ? Mademoiselle So-
phie qui a jasé une heure avec lui,
pourrait bien nous le dire, si elle
voulait.... Mon ami, je suis instruite
mieux que vous ne croyez : je
vous en supplie, n'insultons plus
aux malheurs de mademoiselle
De *** par des soupçons offensans.
Tenez, voyez ce que me marque
le curé de Calidant ; on peut bien
s'en rapporter à la déposition d'un
homme tel que lui. Oh ! si c'est lui
qui écrit, je l'en croirai, c'est un

digne prêtre. En disant cela, il prit
la lettre, et je lui remis aussi celle
qui s'adressait à moi. Quelqu'outrée
que je fusse de la dureté de ses
procédés, j'avais à cœur de le désa-
buser, et ma fierté naturelle en
toute autre circonstance, cédait
dans celle-ci à l'intérêt de ma réputation : j'ai toujours cru qu'une
femme n'avait rien de plus cher.
L'état où m'avait réduit cette cruelle
aventure pourrait en convaincre
celles auxquelles on n'a pas appris
de bonne heure à y mettre un certain prix.

LETTRE

DU CURÉ DE CALIDANT
A MADAME DE SAINT-SIRANT.

« Madame,

» La bonté de votre ame est trop connue, pour que ce ne soit pas avec confiance que je l'implore en faveur d'un homme qui a eu le malheur d'être criminel, mais dont le repentir mérite d'exciter votre pitié. Ce n'est ni la cause d'un pénitent, ni celle d'un ami que je plaide : dans le premier cas, ma délicatesse ne m'aurait pas permis de me charger de cette commission ; dans le second,

peut-être paraîtrais-je suspect. Je ne
connais M. de Villemort que depuis
deux fois vingt-quatre heures, qu'il
est à toute extrémité , hors d'état
de pouvoir écrire : il a bien voulu
m'honorer de sa confiance. Ce sont
donc les droits sacrés de l'humanité qui agissent sur mon cœur ;
et les lois de la charité que je cherche à faire valoir auprès du vôtre.
Daignez, Madame, les exercer envers un malheureux coupable ; d'a-
bord en lui pardonnant une insulte
que sa nature rend presque personnelle ; puis en fléchissant le juste
courroux d'une jeune personne respectable à tous égards ; la répara-
tion qu'il lui fait par ma main , est
aussi authentique que l'injure a été
flétrissante : faites-lui considérer ,
s'il vous plaît, que ceci ne peut

plus tourner qu'au profit de sa gloire. A le prendre du côté de la religion, on pourrait dire que Dieu n'afflige que les fidèles qu'il aime ; mais c'est souvent mal l'entendre, de vouloir rapprocher le profane des choses divines. Laissons l'Être-suprême, tantôt appésantir son bras sur l'injuste, tantôt relever le faible, ou venger l'opprimé. Il ne nous appartient point, fragiles mortels que nous sommes, d'oser sonder la profondeur de ses vues ; soyons résignés, c'est le partage du vrai chrétien : vous, Madame, qui êtes pénétrée de ces vérités, et à qui je les ai toujours vu mettre en pratique, j'espère que vous ne refuserez point de m'aider à obtenir de mademoiselle De * * * un pardon devenu si nécessaire au repos d'un malade que les remords agitent : il est digne d'une belle ame ; la religion l'ordonne , la générosité le prescrit ; j'y ajouterais volontiers que l'intérêt doit y porter , car l'homme le plus vertueux ne pense pas se flatter d'être impeccable ; une malheureuse passion suffit pour nous entraîner au crime , un moment fatal pour nous y faire succomber ; mais Dieu infiniment bon et miséricordieux , tend les bras au pécheur repentant ; c'est une leçon qu'il nous donne : en la suivant nous nous élevons jusqu'à lui. D'ailleurs j'ose vous répondre , Madame , que le retour de M. de Villemort à la vertu , est fait pour toucher les cœurs les moins sensibles ; mais il est temps de le laisser parler lui-même.

» Je suis avec respect, etc. »

«*P. S.* Je devais, Madame, écrire sous la dictée de M. de Villemort la lettre qui sera jointe à celle-ci; mais un de ses parens qu'il avait envoyé chercher en poste, vient d'arriver; je crois qu'à tous égards il convient mieux que je lui cède la plume, les faits en seront surement plus détaillés. J'avais déjà représenté à M. de Villemort que mon ministère ne me permettait pas de défendre ses idées autant qu'il paraissait le souhaiter. Je vais actuellement l'aider à les rendre à M. de St.-Falle; et mademoiselle De *** sera vraisemblablement beaucoup mieux instruite et mieux justifiée encore par ce nouveau secrétaire, qu'elle n'eût pu l'être par moi. »

LETTRE

Écrite par M. de Saint-Falle, en partie sous la dictée de M. de Villemort.

« Il ne m'est plus permis, Mademoiselle, de me plaindre du refus que vous avez fait de lire ma dernière lettre. J'ai perdu tout droit à votre commisération ; je sais et je sens toute l'étendue de mes fautes. Ce n'était point pour les excuser que j'ai eu l'honneur de vous écrire, ce n'est point pour me justifier, que j'emprunte la main d'un de mes parens ; non, je suis trop coupable ; mais je crois vous devoir l'en-

tier aveu de mes crimes. C'est une
sorte d'expiation qu'exige leur énor-
mité, et en même temps une répa-
ration due à vos vertus. Le déplorable état où je suis m'éclaire. Enfin, l'horreur des approches de la
mort n'est pas ce qui m'effraie;
elle serait un bien pour moi qui
ne puis plus me flatter de recouvrer votre estime, si mes forfaits
ne m'inspiraient la juste crainte des
châtimens éternels : mes remords
en sont les avant-coureurs. Ce serait inutilement que j'essaierais de
vous les écrire. Mademoiselle, qu'il
est affreux de se regarder soi-même
comme l'objet le plus méprisable!
Vil rebut de l'espèce humaine, je
voudrais pouvoir m'oublier; sans
cesse je détourne mes regards; je
cherche à faire errer mon imagi-

nation ; souvent j'emprunte l'ame
d'un homme vertueux ; mais le hi-
deux fantôme de la mienne ne me
laisse pas jouir long-temps de ce
bien chimérique. Votre image vient
ensuite ajouter l'amertume des regrets à l'aiguillon des remords. La
voix dont je vous menaçais , cette
voix intérieure par laquelle la perversité de mon cœur m'avait fait
concevoir le téméraire espoir , d'a-
bord de vous intimider , et ensuite
de vous séduire ; cette voix , dis-je ,
se tourne contre moi-même , et ac-
croît mes tourment. Plût à Dieu
que je fusse mort mille fois avant
de devenir criminel! Les transports
qui m'agitent ne me permettent pas
de poursuivre avec ordre le long
récit que j'ai à vous faire. Il faudrait
une tête plus saine que la mienne;

trouvez bon que j'en abandonne en quelque sorte le soin aux deux seuls hommes qui veulent bien prendre pitié de moi dans mes derniers momens. Tous ceux que j'ai eu de bons, ont été employés à retracer les horreur de ma vie au digne pasteur de ce lieu; il me connaît à présent comme moi-même; je lui avais remis les lettres du malheureux Calidant qu'il vient de repasser à M. de Saint-Falle, qui pourra en tirer des extraits. C'est donc ce dernier que je vais laisser parler en mon nom, du moins pour l'arrangement des faits. Il rectifiera mes idées qui se confondent, et tâchera de séparer les écarts de mon imagination d'avec les choses que j'ai à vous dire. Il faut remonter à l'époque où je vous ai connue : grand Dieu , prends pitié de moi !

» Dans le temps où je vous vis pour la première fois , Mademoiselle, j'étais encore digne de quelque estime ; je dois cette justice à la Providence , elle m'avait fait naître vertueux ; j'ai d'autant moins de reproches à lui adresser, qu'il m'a fallu des efforts incroyables pour détruire son ouvrage. Les maximes pernicieuses du siècle n'y ont pas peu contribué. En entrant dans le monde, je savourai ce délicieux poison de la galanterie, qui laisse si peu d'armes à la probité , et point du tout à la délicatesse du sentiment. Séduire une femme , me disais-je, la tromper par des détours artificieux , c'est seconder ses désirs : vous seule , Mademoiselle , vous

seule fites un instant exception dans
mon cœur. Quand je cherchai à
vous plaire, ce fut par un instinct
surnaturel, sans dessein prémédité,
sans savoir précisément ce que je
faisais ; et je vous aimais déjà qu'à
peine m'en doutais-je. Surpris de
mon nouvel état, je m'interrogeai ;
quelque chose me dit : voilà le véritable amour ; il se sent, ne se
définit point et ne se prévoit jamais ; néanmoins je doutais encore.
Qu'est-ce que l'amour, reprenais-je ?
L'enthousiasme de l'imagination,
la fougue des sens, l'impétuosité
des désirs, je n'éprouve rien de
tout cela ; au contraire, Mademoi-
moiselle De *** paraît, et tous mes
désirs sont subordonnés à la con-
templation ; j'admire ses grâces, je
goûte ses talens, je me peins ses

vertus, et sa présence suffit à tous mes plaisirs; il semble que je n'aie plus rien à désirer..... Voilà le véritable amour, me répétait toujours une voix secrète; les sens n'en sont que l'accessoire; mais ce véritable amour existe-t-il bien, me demandais-je? N'est-ce pas plutôt une fiction ingénieuse, inventée par les hommes pour nourrir l'erreur des femmes, aiguillonner leurs sens, et assaisonner nos plaisirs?

» Quelles que fussent mes incertitudes, au bout d'un très-court espace, je m'avouai que je vous aimais; la naïveté et la franchise de votre caractère ne me permirent pas que je tardasse à m'apercevoir qu'un coup sympatique avait également porté sur nos deux cœurs; il me sembla alors que j'avais trouvé la suprême félicité ; les aveux que vous me fîtes y mirent le comble ; jamais je ne m'étais vu si heureux , même dans les bras du plaisir ».

Il fallut m'arracher d'auprès de vous , ma douleur fut extrême ; j'avais en effet à gémir sur plus d'un objet ; car c'est là l'époque du commencement de la corruption de mon cœur. Je trouvai chez ma mère plusieurs de mes camarades , Calidant, entr'autres ; votre nom lui était connu , il m'en devint plus cher ; sans cesse je l'entretenais de vous ; un jour enfin , mon ame ne pouvant plus suffire à tout ce que vous m'inspiriez , j'eus l'imprudence, trop ordinaire à mon âge , d'épancher tous mes secrets dans le sein de cet ami. Ses éclats de rire , ses mauvaises plaisanteries réitérées, m'apprirent

que je n'avais pas grand soulagement à en attendre ; il vit que je
m'en offensais ; et voulant faire de
moi un prosélite , bientôt il changea de ton ; il feignit d'approuver
mon penchant, il le nourrit; il ex-
cita l'ardeur de mes passions , puis
il les flatta. Peu à peu il parvint à
me faire reprendre mes premières
erreurs. Il n'est point d'autre amour
senti que la jouissance, me disait-il;
les femmes elles-mêmes en convien-
nent. Dès qu'une fois elles sont dans
nos bras , la nature parle sans contrainte; les yeux se dessillent, les préjugés s'évanouissent, et elles sont les
premières à se moquer des dupes de
la vaine gloire d'une chasteté pusilla-
nime. Crois-moi, mon cher Villemort; toute vestale qu'est mademoiselle De*** elle te tiendra compte des

ressources de l'art, qu'il ne tient
qu'à toi d'employer fructueusement
par mes conseils.

» Vous l'avouerais-je, Mademoiselle, après mille débats entre lui
et moi, j'eus la détestable faiblesse
de lui abandonner le soin de ma
conduite : en vous revoyant, j'eus
honte de mes secrètes intentions.
J'amusai, (s'il est permis de s'exprimer ainsi) j'amusai mes remords
en me promettant de ne vous mettre
qu'à l'épreuve, et de m'arrêter
aux premières tentatives; dès-lors
qu'elles auraient convaincu mon perfide ami, qu'il était des femmes délicates et vraiment attachées à leur
devoir, quoique sensibles. Voilà
comme on arrive au crime par de-
grés. Malheureusement le froid avec
lequel vous me reçûtes doubla mes

pas. Calidant sut en tirer des armes contre vous et contre moi : enhardi, félicité, pressé par lui, à peine m'eûtes-vous rassuré sur la cause réelle de votre réserve, que je me flattai de la mettre en défaut : néanmoins un respect forcé mit des bornes aux transports de mes sens : dans l'instant même où leur ivresse se faisait sentir le plus vivement ; votre candeur, votre innocence me touchèrent. Il faudrait être un monstre, me dis-je, pour en abuser. Calidant se moqua encore de mes timides réflexions. Tant mieux, m'écrivit-il, tant mieux si mademoiselle De *** est innocente : tu n'en auras que plus de plaisir à la posséder ; vas ton chemin, te dis-je.

» J'en crus Calidant : vous savez jusqu'à quel point j'oubliai ce que je

vous devais ; mais au lieu d'une colère
feinte , j'aperçus sur votre physionomie tous les signes de l'indigna-
tion la plus vraie ; le mépris avec
lequel vous me traitâtes, porta le repentir dans mon ame. Les regrets
que je vous exprimai étaient sincères , et ils le furent jusqu'au moment du pardon. Ce pardon, qui devait me pénétrer de reconnaissance
et redoubler mon estime..... Quelle
horreur ! dois-je en convenir ? Oui,
ce sera vous éclairer sur l'injustice
et l'inconséquente bizarrerie des
hommes. Eh bien ! ce pardon , d'accord avec les prédictions heureuses
de mon ami, me fit jurer votre perte ;
je lui promis de nouveau de surmonter tous mes prétendus scrupu-
les , et ce fut de concert avec lui ,
que j'affectai pendant un temps l'air

d'un amant délicat, pour vous sé-
duireplus adroitement. Ce rôle m'allait mieux que tous les autres ; en
dépit de moi-même, je vous aimais
plus véritablement que je ne voulais
le croire ; souvent j'étais surpris de
trouver au fond de mon cœur tout
ce que j'imaginais jouer. Calidant
s'en aperçut à mon style : il se hâta
de prévoir ce qu'il appelait ma chute.

« Oui , tu es un sot enfant, me
» marquait-il , on ne peut pas te
» lâcher la lisière un instant, sans
» craindre que tu ne te casses le nez.
» Comment ! pour te complaire je
» favorise tes douceureuses lan-
» gueurs ; je te promets d'arborer
» l'étendart de la délicatesse , et tu
» vas vîtement t'envelopper de ce
» drapeau ? Encore un pas , mon
» ami, tout serait perdu. C'est assez

2   5

» long-temps soupirer ; ne rappelle
» point le ridicule de l'ancienne
» chevalerie. Ta Dulcinée par son
» rang, plus encore par son carac-
» tère, exigeait des ménagemens :
» tu les as observés, cela est dans
» l'ordre. J'ai saisi ses petits ca-
» prices : elle voulait pouvoir se
» croire aimée, chérie, adorée, et
» surtout respectée ; nous l'avons
» servie à souhait, c'est à merveille.
» Mais il faut que tout ait un terme ;
» le règne de la spéculation doit faire
» place à la réalité. Je t'avertis ce-
» pendant qu'on s'en lasse, aussi. »

Ce fut dans cette lettre qu'il me
prescrivit la marche que j'observai
en vous demandant un rendez-vous.
J'avoue que l'image du plaisir qu'il
m'offrait acheva de séduire tout-à-
fait mon imagination, et de cor-

rompre mon cœur. Cependant si vous vous fussiez rendue à mes instance le jour que je vous fis serment de respecter votre innocence, il est presque certain que cette première fois je ne l'aurais pas violé : d'un côté je voulais vous inspirer de l'estime et de la confiance par ma retenue ; de l'autre, soit amour propre, soit amour sincère, il me paraissait plus flatteur de devoir mon bonheur à votre tendresse qu'à la ruse : mais aussi..... faut-il encore l'avouer à ma honte ?... Ciel, quelle indignité ! Mademoiselle, pardonnerez-vous ce détestable projet ? J'avais promis à mon perfide ami d'obtenir de vous un second rendez-vous, où de quelque manière que ce fût, je devais me venger de la contrainte du premier. Jamais vous n'imagineriez jusqu'où nous poussions la dépravation et la noirceur. Plus vous mettiez de droiture et de candeur dans vos procédés, plus nous nous en applaudissions; il n'est pas une seule de vos paroles dont nous n'ayions cherché à tirer parti : l'aveu que vous me fîtes de vos sentimens sembla nous prêter de nouvelles armes ; et malgré les refus obstinés dont cet aveu était accompagné, je me flattais de vous réduire bientôt au rang de tant d'autres. La seule différence que j'y mettais, c'est que je ne prévoyais pas encore l'instant où d'amant heureux et empressé, je pouvais devenir ingrat et perfide : au lieu qu'en d'autres occasions il m'était arrivé de faire ce calcul d'avance..... Mais, Dieu, que d'infamie! Comment les femmes

peuvent-elles encore être dupes de
nos manèges ? Heureusement vous
ne le fûtes pas des miens, Mademoiselle ; je m'en applaudis aujourd'hui pour vous ; mais dans le
moment où j'appris votre fuite, je
ne sais de quel forfait le désespoir de vous voir échapper ne m'aurait pas rendu capable. Calidant
qui m'avait conseillé de m'absenter,
afin de vous mieux faire sentir combien je vous étais cher, n'eut pas
de peine à me persuader que je ne
vous l'étais plus du tout, et qu'ayant
perdu votre estime, je n'avais plus
aucuns ménagemens à garder. « Tu
» es amoureux fou, me manda-t-
» il, et malheureux sans espoir :
» autant vaudrait - il être mort :
» crois-moi, mets fin à cette fré-
» nésie, si tu ne peux avoir cette

» fille de gré, aie-la de force ; elle
» te fuit, enlève-la, et tes trans-
» ports seront bientôt calmés : le
» seul inconvénient que j'y trouve,
» c'est qu'elle a un nom, et que tu
» sera obligé de subir le joug du
» sacrement ; mais aussi quand elle
» sera ta femme, il faudra bien
» qu'elle te pardonne tes petites
» supercheries. Je te présage un
» petit plaisir futur, c'est celui de
» la vengeance. Elle deviendra folle
» de toi, quand tu cesseras de l'être
» d'elle ; c'est alors que les rigueurs
» seront de notre côté. Arrive ici
» en diligence, nous concerterons
» le tout pour le mieux et le plus
» honnête ; ton ami est passé maî-
» tre dans l'art de ces sortes de pro-
» cédés : arrive, te dis - je, mon
» pauvre Villemort, et je te pro-

» mets, sous quinze jours, de met-
» tre cette belle *virtuosa* dans tes
» bras. »

» Emporté par la fougue de l'âge
et des passions, je ne me connaissais
plus moi-même ; j'arrivai chez Calidant, dans l'état d'un vrai frénétique,
n'ayant plus la force de former aucuns projets, mais fermement ré-
solu de faire tout ce qu'il voudrait,
plutôt que de vous perdre ; car je
vous regardais comme un bien à
moi. Ce fut lui qui dicta ces deux
lettres, ces indignes lettres, que,
par un caprice indéfinissable du
cœur humain, le mien désavouait
en les écrivant. Ce fut lui qui m'en-
traîna chez madame de St.-Sirant.
Ce fut lui qui dressa toutes mes
batteries, qui devina les obstacles
qui survinrent en effet, qui tâcha

de rapprocher ma conduite de la vôtre, en calculant sur vos démarches toutes mes réponses.. Il passa la nuit à m'endoctriner, et il voulut que Larose ne me quittât point, tant il comptait peu sur la fermeté de mes résolutions. Vers la pointe du jour, des gens apostés lui dressèrent une échelle derrière les murs; nous en trouvâmes une dans le jardin; il s'évada ; et c'était ainsi que je devais vous forcer de fuir avec moi : cela me sauvait presque des accusations de rapt. »

Ici la narration finit, et M. de St-Falle suit mot à mot tout ce que lui dicte M. de Villemort.

« O comble d'horreur, ô affreux souvenir ! comment se peut-il que

j'aie été assez lâche pour suivre ces
exécrables conseils ? Je ne puis
jeter un regard en arrière sans
m'effrayer de moi-même : quelle
abomination ! Il n'est pourtant que
trop vrai que c'est moi qui les ai
commises. Dieu vengeur, tu me
punis ; malheureusement il est trop
tard, tous mes forfaits sont à leur
dernier période ; j'ai affligé, j'ai
outragé la plus parfaite de tes
images ; il semble que tu ne m'as prêté
des jours qu'autant qu'il m'en fallait
pour montrer jusqu'où peut s'étendre la perversité du cœur de ceux
qui s'éloignent de toi : daigne achever
ton ouvrage ; frappe, ou allège-moi
le fardeau insupportable de la vie.
Ah ! Mademoiselle, après m'avoir
occupé si délicieusement dans un
temps d'innocence, vous êtes au-

jourd'hui l'ombre qui me poursuit ;
c'est toujours vous que je vois et
que j'entends me reprocher mes
perfidies ; les remords déchirent
mon ame ; les regrets consument
le triste reste de mon individu.
Quel cruel état ! Dieu miséricordieux, voyez mon repentir, et dé-
livrez-m'en.... O jour à jamais malheureux, jour horrible où je con-
nus le vil mortel dont j'osai faire
mon ami, que ne me refusais-tu ta
lumière ! Ce misérable, après m'a-
voir perdu, m'abandonne à toute
l'horreur de mon sort : que n'en
peut-il être témoin ! Frappé de la
vérité qui m'éclaire à ma dernière
heure, il ne pourrait méconnaître
plus long-temps les droits sacrés de
la vertu ; il abhorrerait le vice, et
de la source des siens il tirerait

au moins un principe de conversion. Peut-être aussi...... Mais où
m'égaré-je? m'aurait-il corrompu,
si j'avais eu quelque vertu? Ses
torts n'excusent pas mes fautes;
j'ai mérité tout ce qui m'arrive, je
reconnais le bras du Dieu vengeur.
Que Calidant se corrige, c'est tout
ce qu'il m'est permis de désirer;
j'espère ne pas mourir sans avoir
le courage de lui pardonner.

» Mais vous, Mademoiselle, vous
que j'ai rendue victime innocente
du parjure, de la calomnie, du
mensonge, des noirceurs les plus
insignes, pourrez-vous bien oublier
ces atrocités? Hélas! croirait-on
qu'il m'en coûte à prononcer ce
mot d'oubli? Je voudrais qu'il fût
possible de séparer mon nom de
mes crimes, et qu'il pût vivre dans

votre mémoire. Malheureux, tes
infâmes actions ne l'y ont peut-
être que trop gravé ; ton repentir
ne l'en effacera pas. Grand Dieu, tu
sais cependant s'il est sincère !.....
Mademoiselle, c'est l'unique répa-
ration qu'il soit en mon pouvoir
de vous offrir ; je me prosterne à
vos pieds ; j'abjure toutes mes ini-
quités ; je désavoue tout ce qu'une
odieuse passion m'a fait dire à
M. de St.-Sirant, comme autant de
blasphèmes contre la droiture, la
vérité et la candeur dont votre
ame est le symbole. Je proteste
que vous êtes aussi innocente que
je fus coupable et pervers. Mon
dernier soupir en sera le serment.
Je sens qu'il approche ; daignez
jeter un regard de compassion
sur un malheureux prêt à expirer de

douleur ; accordez-lui un généreux pardon, sans lequel il mourrait en désespéré. Ce ne sont plus des faveurs criminelles que j'attends de vous ; c'est le salut de mon ame. Déjà mes paupières s'appesantissent ; ma vue se trouble, un froid mortel glace mes sens, et bientôt vous entendrez dire que vous êtes vengée. O mort, viens à mon secours ! Ces réflexions me tyrannisent trop.... Mais non, attends encore, j'ai tant de forfaits à expier... laisse-moi.... laisse-moi le temps de fléchir la meilleure et la plus digne des femmes : Dieu juste et bon, daigne l'inspirer, et répandre sur elle toute l'abondance de tes grâces. Adieu, fille admirable, adieu, recevez encore les excuses du malheureux Villemort. »

Pendant cette lecture nous n'avions pu nous défendre d'un mouvement d'attendrissement ; à peine fut-elle achevée, que madame de St.-Sirant me pressa d'écrire. Son mari s'y opposait ; qu'il meure, disait-il, l'infâme, qu'il meure comme il a vécu ; et que lui importe ce pardon ? ne voyez-vous que c'est pure grimace que tout cela ? Calidant et lui sont des monstres à enterrer vifs ; je serais leur bourreau au besoin : comment ? m'avoir trompé de la sorte ! Allez, Madame, allez, quiconque est capable d'un crime aussi réfléchi, est peu susceptible de remords. Mais que Calidant, l'infâme Calidant se garde de paraître devant moi. Il sortit dans une espèce de colère en achevant ces mots. Nous voulûmes profiter de ce moment pour écrire, mais il n'était déjà plus temps ; le curé nous envoya apprendre la mort de son malade. J'en fus réellement affligée. Un auteur moderne a dit : *Il est doux de plaindre un ennemi qu'on n'a plus à craindre ;* pour moi j'aurais trouvé plus de douceur à lui pardonner : c'est la vengeance de âmes délicates. Une femme sensible comble de bien son ennemi, une femme vindicative l'accable de mal, si elle le peut. Ces deux manières d'agir, si différentes en apparence, se puisent à peu de chose près dans la même source ; un naturel violent d'un côté, un amour propre bien entendu de l'autre, en font les frais, et tous deux prennent plaisir à se venger. Néanmoins la mort du malheureux Villemort effaça à mes

yeux tous ses outrages ; je ne vis
plus que son repentir, et je regret-
tai sincèrement le fruit qu'il en
aurait pu retirer s'il avait vécu.

Madame de St.-Sirant ne taris-
sant plus en excuses sur la manière
dont on avait aggravé mes maux,
engagea, mais inutilement, son
mari à l'imiter : c'est à moi à qui on
en doit, lui répondit-il : mademoiselle De *** n'est pas la seule offensée. De gaieté de cœur, je n'aurais
pas forgé toute cette histoire. On
me la raconte, on m'en fournit
des preuves apparentes, et il est
tout simple que j'en croie mes
yeux ; il finit par nous moraliser à
sa façon. Voilà ce que c'est, Mes-
demoiselles, nous dit-il, que d'a-
voir liaison particulière avec les
hommes, et surtout avec les mili-

taires ; ce sont pour la plupart des gens sans mœurs , relativement aux femmes ; il est honteux que des filles bien élevées s'oublient jusqu'à écouter leurs fleurettes ; et qui pis est , à leur écrire ; vous voyez à quoi on s'expose. Que cela vous serve d'exemple , à vous surtout , mademoiselle de St.-Sirant ; car si pareille aventure vous arrivait , je n'en dis pas davantage , je sais ce que je ferais de vous. Pour ma fille Henriette , je ne crains rien , elle est bien née ; on ne remarque point en elle cette envie de plaire , ces petites coquetteries de parure qui annoncent le penchant vers la galanterie. Au surplus , Madame , je vous prie que votre porte soit fermée à la ville comme à la campagne, indistinctement à tous les officiers ;

et qu'on ne l'ouvre qu'à M. Calidant. Je suis bien aise de lui
parler.

Il n'y avait point de réplique à
faire, cet homme faisait trembler
toute sa maison. Je suppliai madame de St.-Sirant de ne le plus
ramener sur ma triste aventure.
J'étais doublement affligée d'avoir
apporté le trouble chez cette digne
femme, et la crainte où je la voyais
perpétuellement que son mari ne
rencontrât M. Calidant, me peinait
beaucoup. Heureusement on nous
apprit peu de jours après qu'il n'ha-
biterait plus sa terre; alors toutes
nos inquiétudes se calmèrent, nous
reprîmes notre train de vie pieuse.
Elle s'alliait assez bien avec les circonstances desquelles je sortais.
Toujours absorbée par de noires

réflexions, le monde m'eut été à
charge ; la gaieté naturelle de la
pauvre St.-Sirant me l'était quelquefois. Je ne goûtais avec elle
aucunes des douceurs de l'amitié,
n'osant pas lui ouvrir mon cœur
sur rien de ce qui m'affectait. Il
m'en avait trop coûté pour m'être
écartée une fois des conseils de
madame de Renelle ; mais celle-ci
ne me répondait pas. J'étais extrêmement en peine : dix fois je voulus
lui peindre mes malheurs, dix fois
je fus arrêtée par l'appréhension,
ou qu'elle ne les prît trop à cœur,
ou qu'elle ne m'accusât de me les
avoir attirés. Lui écrire sans lui
en parler, c'eût été une espèce de
fausseté dont j'aurais rougi. Je pré-
férai donc d'attendre de ses nouvelles, et je m'efforçai de dévorer

tous mes chagrins, pour paraître
ne m'occuper que de ceux de ma
jeune amie ; mais il fallut enfin la
quitter pour rejoindre la Comtesse.

Quelque temps après mon arrivée
chez ma mère, je reçus une lettre
de mademoiselle de St.-Sirant qui
en renfermait une que madame de
Renelle lui avait adressée.

LETTRE

De Mademoiselle de St.-Sirant, en envoyant celle de madame de Renelle.

« Voici, ma chère, une lettre qui m'est adressée pour toi; je la crois de ton amie madame de Renelle. Que peut donc te dire si souvent cette bonne religieuse? Elle te prêche sans doute, elle prie pour ta conversion, elle te croit déjà à moitié damnée; car ces bonnes créatures pensent se sanctifier en envoyant tous les gens du monde en enfer:

va, laisse-là prier ; comme je n'aime
point les sermons, et que tu as
trop d'esprit pour les goûter, je
ne me suis pas autrement pressée
de t'envoyer celui-ci. Sais-tu que
tu es trop complaisante d'entretenir
un commerce aussi ennuyeux, toi,
qui peut lire et cultiver ta belle
mémoire. Pour moi si j'étais à ta
place, je n'écrirais qu'aux personnes
qui pourraient m'amuser ou m'instruire. Ces deux talens sont ban-
nis du cloître, nous avons eu le
temps de nous en apercevoir, et
puis il y a conscience de troubler
le repos de ces ames pénitentes ; il
faut leur laisser pleurer leurs gros
péchés. Ta madame de Renelle n'a
pas toujours été une sainte, ou je
me trompe fort. Mais pourquoi te
parlai-je tant d'elle ? Tu n'y tiens

surement que par un reste de vanité mal entendue : tu veux qu'il
soit écrit que tu n'oublie pas tes
anciennes connaissances ; néanmoins cette intimité me blesse ; il
me semble que mon attachement
devrait emporter une préférence
exclusive dans ton cœur. Tu as vu
combien tu m'es chère par les larmes
que m'a arrachées ton départ ; cependant tu ne me montre pas une
si grande confiance qu'à ta vieille
amie : tu n'as rien voulu m'avouer
de particulier sur ce qui t'affectait
pendant ton séjour ici. Tu es une
petite dissimulée ; mais j'irai te voir.
Tu as des voisins aimables, ma
chère ; ne t'ennuyais-tu pas de ne
point recevoir les hommages du
marquis d'Olmane ? On prétend
qu'il te trouve fort à son gré, con-

viens-en de bonne foi, il est aussi
au tien, n'est-ce pas? Pourquoi
tant de mystère? cela se verra, cela
se saura; donne-toi au moins le
mérite de l'aveu envers ton amie.
Songe que nous sommes faites pour
être liées intimement, que tout
nous rapproche, esprit, âge, goût
et caractère. Nous avons une infinité de rapports; ce serait un meur-
tre que de n'en pas tirer parti. Si
je ne t'ai pas écrit plutôt, c'est que
je n'ai pas eu un instant à moi
depuis mon retour à la ville. Mon
père était resté à la campagne, ma
mère s'est laissée enfin persuader
qu'il fallait nous mener aux assem-
blées, aux fêtes, aux bals qui se
sont donnés à l'occasion du mariage
de madame De ***, fille de notre
gouverneur. Ces plaisirs étaient

nouveaux pour moi, ils m'ont occupé; ma mère m'en a fait un crime
de lèse-dévotion; mais je t'assure
qu'elle s'en amuserait tout comme
nous, si elle osait; le rôle qu'elle
joue va peu à son esprit; je crois
que si elle le soutient, le bon Dieu
en tiendra compte à mon père; tu
connais son austérité. Il m'a mora-
lisé à son retour; il a prétendu que
j'avais l'air coquette, parce qu'il me
restait un peu de frisure; ma sœur
avait repris la grande coiffe; on la
loue, on l'admire et on la préconise;
car tu conçois bien que ce n'est
que par complaisance qu'elle a porté sa triste figure au bal. En vérité
si on lui sait tant de gré d'un semblable acte de complaisance, combien mes grands parens ne me
doivent-ils pas de reconnaissance à

2   5

plus juste titre pour mes grandes
prières, mes longues oraisons, les
vêpres, les saluts éternels d'où je
sors toujours transie et ennuyée,
sans en devenir meilleure.

» Conviens que c'est pourtant
une bonne chose que mon maintien
recueilli à l'église. Que veux-tu ? Il
faut prier avec les dévots. J'espère
que quelque jour nous serons nos maî-
tresses. J'ignore cependant, quant
à moi, comment mon père pourra
se résoudre à me marier; il voudrait
bien être débarrassé de moi, ce
n'est pas l'embarras; mais ce pouvoir, cette autorité absolue qu'il
exerce journellement, qui la lui
souffrira, quand je serai une grande
dame, que j'aurai une grande maison où il viendra peu, et que je n'i-
rai guère chez lui ? Je vois qu'il se-

rait fâché de rien perdre de ses droits,
et moi, je t'assure que je suis très-
empressée à jouir des miens. Aussi
me garderai-je d'épouser mon magot
de cousin; c'est un bon enfant, je le
sais, il a des mœurs, de la fortune
et de la piété, tout cela est à merveille; les biens ne sortiraient pas
de la maison, voilà de grandes vues
assurément, et très-dignes de ma
pieuse famille; mais tendent-elles
à mon bonheur? C'est ce dont on
s'inquiète le moins. Je les entends
d'ici: ne pouvant plus me mener à
la messe chaque jour, ils voudraient
que j'allasse m'enterrer à la campagne, pour n'être pas dans le cas
d'aller au bal; que je vécusse sain-
tement sous les lois d'une belle-
mère, que je ne sortisse d'un escla-
vage que pour entrer dans un autre,

peut-être moins tyrannique, au moins aussi ennuyeux ; que j'eusse une pépinière d'enfans ; que je devinsse une ménagère, une vraie campagnarde, etc., etc. Ah, je suis bien leur très-humble servante ! j'ai aussi mes vouloirs. Ils peuvent faire de leur incomparable Henriette le modèle et l'exemple des filles soumises, du reste bonne à rien, déplacée partout, morte aux plaisirs et au monde. Pour moi, ma chère, j'entends ne me marier que pour avoir ma liberté, ne pas recevoir le ton, mais le donner. Je serai assez riche pour cela. Toi, tâche, si tu peux, de te tirer de l'abyme où tu es ; je ne te crois pas fort heureuse. Il me serait bien doux, après avoir formé un établissement, de pouvoir contribuer au tien, et qu'il ne nous

éloignât pas. Adieu, ma tendre
amie, j'entends mon père qui gronde;
c'est sûrement parce que je suis dans
ma chambre : je dirai que je viens
de faire l'oraison. Il serait bon de
lui en montrer le fruit, qu'en pense-
tu? L'on m'appelle : adieu, charmante, écris-moi souvent...... On
m'appelle encore; de quoi s'agit-il
donc? Quelle chienne de vie? O liberté! quand te posséderai-je? Tu
seras bien fêtée.... Ma chère, je suis
à toi de tout mon cœur ».

« Rassurez-vous, ma chère petite,
me mandait madame de Renelle;
vous ne serez jamais méprisable à
mes yeux, fussiez-vous encore plus
coupable. Faites attention néanmoins que ma morale pour être
douce n'est pas relâchée : tirez, ma
chère petite amie, de ces écarts in-

volontaires des instructions pour
l'avenir. Un peu d'expérience ne
nuit point à la vertu; il est dommage seulement que nous ne puissions l'acquérir qu'à nos dépens; mais c'est un malheur qui
était dans l'ordre des choses humaines, et que vous partagez avec
bien d'autres. Après avoir été dupe,
ce serait trop d'être faible; élevez-
vous au-dessus des remords, ils ne
sont faits que pour les femmes d'une
autre classe que la vôtre. D'ailleurs,
sachez qu'il est dangereux de s'y
livrer. Il est plus rare qu'on ne
pense qu'ils ramènent à la vertu. On
ne sépare pas facilement le regret de
ses fautes d'avec l'idée de l'objet *
qui nous les a fait commettre, et en
amour le repentir tient souvent au
crime ; si vous avez quelque foi à

* Cette pensée est de Pope, dans sa lettre d'Héloïse.

mes conseils, vous ne vous occupe-
rez plus de ce qui s'est passé ; vous
avez eu le temps de vous repentir
d'avoir oublié que les hommes ne
cherchent qu'à séduire. Parmi eux
ces détours , dont vous conceyez
une juste horreur, leur tiennent lieu
de gloire , sans servir d'excuse aux
malheureuses qui en sont les victimes ; ainsi loin de vous tout autre
examen que celui des hommes en
général. Que vous importent les
motifs qui ont fait agir M. de Villemort ; tenez-vous en aux effets,
ils sont blâmables à tous égards.
L'innocence doit être respectée , et
je méprise indistinctement ceux qui
en abusent. Si je voulais m'étendre
sur les circonstances , je pourrais
vous moraliser pendant long-temps,
mais puisque je dois vous voir bien-

tôt; je remettrai à ce temps de plus grands détails, et je vous préviens d'avance que je vous fais grâces des vôtres. A travers la petite humiliation que vous causerait l'entier aveu, il pourrait se glisser un charme secret dans le récit. Je me défie toujours des retours que font les femmes sur leur conduite, et surtout à votre âge. Oubliez encore une fois, oubliez, c'est le plus sûr; et autant qu'il dépendra de vous, ne revoyez pas ce M. de***; ne prononcez seulement pas son nom. Intéressez ici votre vanité. Ce n'est pas un faible ressort chez les femmes. Adieu, aimable enfant; apprenez-moi bien vîte que vous avez recouvré la tranquillité d'esprit qui suit toujours la paix de l'ame; vous savez combien votre bonheur m'est cher. »

LETTRE

A MADAME DE RENELLE.

« Que mon ame a souffert, chère maman, pendant l'intervalle de votre réponse ! malheureusement elle a été un siècle en chemin. Ce n'était plus ni mes regrets, ni mes remords qui m'occupaient, c'était l'appréhension d'avoir perdu votre estime. Je dis votre estime plutôt que votre amitié , parce qu'avec vous , je sens bien que l'une dépend de l'autre; et j'ai éprouvé moi-même qu'on ne peut aimer qu'autant que l'objet est estimable. Enfin , ma bonne amie, vous daignez me rassurer, vous faites renaître encore une fois le calme dans mon cœur : que vous êtes généreuse ! eh que je suis à plaindre ! Je m'étais flattée trop tôt du bonheur de vous embrasser. Les projets de la Comtesse ne sont pas fort constans, mes espérances sont évanouies, et avec elle tous mes plaisirs. Qu'il m'eût été doux, chère maman, d'aller déposer dans votre sein mes peines, mes inquiétudes, répandre auprès de vous des larmes de reconnaissance, y mêler celles d'un juste repentir, et puiser de nouvelles forces à la source même des vertus : votre ame est leur temple. Puisque cette consolation m'est refusée, ma bonne amie, permettez que je m'en dédommage, et que je vous supplie de ne me pas faire grace de vos leçons ;

elles me sont nécessaires. Plus vous
m'éclairez, plus je sens combien j'ai
besoin de l'être : il semble que les
premiers rayons de lumière que vous
m'avez communiqués, n'aient servi
qu'à me faire connaître qu'il est des
ténèbres plus affreuses encore que je
ne l'imaginais. Ah ! chère maman,
quand serai-je aussi prudente, aussi
vertueuse, aussi sage, aussi bonne
que vous ? Rendez-moi digne, s'il
se peut d'être votre amie, après avoir
été votre élève. Je m'abandonne
entièrement à vos conseils ; j'ai pris
la ferme résolution de les suivre.
Croyez, ma bonne amie, que si je
m'en suis écartée, je l'ai payé cher.
On m'a entraîné bien loin sans doute, mais on voulait m'entraîner plus
loin encore. Sans vous, qui sait si
l'on n'aurait pas réussi ? Heureuse-

ment je ne vous ai point perdu de
vue ; mon cœur vous prenait à témoin de la droiture de mes intentions. Dès que vous lui avez reproché les apparences du mal , il est
rentré dans son devoir. Hélas !
chère maman, que d'obligations ne
vous ai-je pas? Si vous saviez......
Mais vous me défendez les détails..... Ah ! soyez tranquille , ne
craignez plus de retour sur moi-
même ; tout les liens de ce funeste
penchant sont brisés à jamais ; le
malheureux Villemort n'est plus :
une mort prompte l'a enlevé aux
conseils d'un ami perfide qui l'eût,
suivant les apparences, rendu aussi
scélérat que lui : ses derniers momens ont été dignes d'un pécheur
repentant : espérons qu'il a trouvé
grâce devant l'Etre suprême.

» Il y a depuis mon retour ici,
quelques changemens dans notre
manière de vivre : j'ai trouvé M. de
Prévalle en assez mauvaise intelli-
gence avec la Comtesse ; il est allé
passer l'hiver à P..... et son absence
entraîne d'autres maux aussi réels,
non moins dangereux pour ma réputation. Vous savez quel ancien
attrait le monde avait assez indistinctement pour la Comtesse, et
vous comprenez, chère maman,
qu'étant livrée à elle-même, elle
devient moins scrupuleuse sur le
choix de ses sociétés. Madame de
St.-Albin que je n'avais pas vue depuis l'instant qui nous a séparées,
est venue dernièrement passer quelques jours dans ses terres ; elle a
voulu me parler avec liberté sur
la conduite de la Comtesse, je lui

ai répondu que je ne croyais pas qu'il me fût permis de condamner, ni d'entendre blâmer quelqu'un à qui je devais un respect aveugle. Nous en sommes restées là : mais, ma bonne amie, quelle femme est cette madame de St.-Albin elle-même pour parler des autres? Comme elle traite ses enfans! quels exemples elle leur donne! combien de fois j'aurais été dupe, chère maman, si vous ne m'aviez garantie de ses pièges! Madame de St.-Albin mon amie, ma confidente! grand Dieu! à qui ai-je pensé me lier? et de quels gens suis-je entourée? J'ai aussi revu madame Dubois, elle me cherchait beaucoup, quelque chose que j'aie fait pour l'éviter : enfin elle est parvenue à me parler de votre lettre. Pourquoi donc,

Mademoiselle, m'a-t-elle dit, ne m'avez-vous pas tranquillisée en me disant que la lettre de M. de Villemort s'adressait à madame de Renelle ?.... Madame, ai-je repris, ne me faites point de questions sur cet article, je vous en supplie, les choses confiées sont des dépôts sacrés ; je n'en sais pas violer les lois. Puisque madame de Renelle vous a écrit, elle vous aura marqué tout ce qu'elle voulait que vous sussiez ; ce n'est point à moi de vous en apprendre davantage...... Elle a loué ma discrétion, et puis elle s'est exhalée en regrets sur la malheureuse fin de M. de Villemort. J'ai brisé là-dessus, de façon à détruire les idées qu'elle avait eues précédemment.

» Ne semblait-il pas, ma bonne

amie, que tout se réunissait pour concourir à ma perte ? Exemple dangereux, félicités pernicieuses ! le vice ne prend seulement pas la peine de se masquer. Mais vous êtes mon ange tutélaire, chère maman ; vous ne m'abandonnerez point ; vous continuerez d'être mon guide, mon appui. Si mes pas chancèlent, vous les raffermirez, ma bonne, mon unique amie ; c'est en vous seule que je mets toute mon espérance.

» *S. P.* Mademoiselle de St.-Sirant m'a écrit en m'envoyant votre lettre ; son style m'a paru plus agréable que sa manière de penser solide. Je vais prendre la liberté de lui faire sentir, quoiqu'elle soit plus âgée que moi, et que je n'en sache guère plus qu'elle ; mais elle n'a point une amie comme j'ai le bonheur d'en avoir une. Les vertus de cette amie m'inspireront ; et je me flatte que mademoiselle de St.- Sirant les goûtera. »

RÉPONSE

A MADEMOISELLE DE ST.-SIRANT.

« Mon aimable amie, tu m'aurais
fait grand plaisir de m'envoyer plutôt la lettre de madame de Renelle ;
j'en étais vraiment en peine. Pour
colorer ta négligence tu juges à
propos de tourner mon attachement en ridicule ; mais, crois-moi,
je ne prends point le change ; une
excuse aurait coûté à ton amour
propre : tu as cru que le badinage
ferait honneur à ton esprit, et pour
avoir voulu trop gagner d'un côté,

tu as perdu de l'autre. Va, tu seras
toute ta vie un peu négligente ; autant vaudrait-il te parler grec que
te demander de l'exactitude. Sur le
tout, mon très-cher cœur, les grands
rapports que tu me fais la grace d'admettre entre nous, n'empêchent pas
que nous n'apprécions les choses
très-différemment. Tu considères
madame de Renelle comme une
vraie beguine ; et moi je la révère
comme une fille aimable, envers qui
je contracte chaque jour de nouvelles
obligations. Ses lettres ne me dé-
dommagent que bien faiblement de
sa présence. Ce ne sont point d'ennuyeux sermons, elles renferment
des conseils sages, des principes
de vertu, des préceptes de tous les
âges, des leçons pour tout le temps
de ma vie. Et tu voudrais les trai-

ter de misère! Ah! mon amie, que
tu ne te connais guère, si tu crois
pouvoir te conduire seule! Que tu
connais peu le monde en général,
si tu imagines qu'il suffit d'y avoir
un pied pour y marcher avec assurance! Je ne vois encore ce laby-
rinthe que de très-loin. Tant que
madame de Renelle voudra m'aider
de ses lumières, j'en profiterai pour
m'instruire; oui m'instruire, ma
chère, ris à ton aise. C'est peu selon moi que de cultiver sa mémoire,
d'amonceler une infinité de choses
passées, quand on ignore ce qu'il
conviendrait de faire. La vraie
science la plus utile, c'est la connaissance du cœur humain. Il faut
commencer par s'étudier soi-même:
après cela pourvoyons à l'agréable,
je suis fort de ton avis; mais n'at-

tends point de moi une préférence
exclusive. Ma franchise se démentirait si j'osais te le promettre : crois
seulement que mon ame n'est point
assez étroite pour ne pouvoir suffire
à plus d'une intimité. Dès que tout
git en preuves avec toi, je te répondrai que j'ai payé tes larmes de sensibilité par des larmes du plus sincère
attendrissement. Et comme les plaisirs champêtres sont moins tumul-
tueux que ceux de la ville, rien n'a
même fait diversion à la douleur
que m'a causée notre séparation.
Sans cesse occupée de tes malheurs,
je ne t'en parle qu'avec amertume ;
mais le tour léger que tu sembles
donner à tout, me ferait presque
penser que je les sens plus vivement que toi. Ma chère, quand tu
m'ouvres ton cœur, je sais bien

que c'est à un autre toi-même que tu comptes parler ; mais prends garde que qui que ce soit ne pénètre ta façon de penser sur tes grands parens.

Ton père est dur, personne ne l'ignore ; mais il est ton père, tu dois respecter jusqu'à ses défauts ; si tu les juge, que ce soit pour les cacher et t'en garantir. Ta mère est une digne femme ; sa dévotion peut tenir de la faiblesse de son caractère, mais il n'y a point d'hypocrisie dans ses motifs. Son ame est tendre, elle avait à souffrir, le cœur cherche des consolations, la religion lui en offrait ; elle les a saisies, c'est un bonheur pour elle. Rien ne t'oblige de l'imiter bien strictement sur cet article, mais tout t'impose le devoir de révérer, plaindre et

chérir une mère vertueuse, à qui il
n'a manqué que des circonstances
favorables pour être une des femmes
les plus aimables. Songe que les
plaisanteries des enfans sur les au-
teurs de leurs jours sont des offenses
dont il réjaillit un ridicule ineffa-
çable sur les enfans. Quant à ta
sœur Henriette, c'est une bonne
enfant qui suit la route qu'on lui a
tracée. On lui a dit qu'il fallait aimer Dieu, et le prier à toute heure:
elle le fait. Je ne vois pas quel crime
tu pourrais lui imputer. La préférence qu'on lui accorde sur toi est
injuste, j'en conviens : mais ce n'est
pas de ce qu'on l'aime que tu dois
être mortifiée, c'est de ce que l'on
ne l'aime pas autant qu'elle continue à mériter de l'être ; l'injustice
sera imputée à ceux qui la font. Je

te l'ai dit, ma chère, il est au-
dessous de toi de chercher à humilier cette pauvre fille. Plus on a
d'esprit, moins il est pardonnable
de manquer d'indulgence envers
les autres, et surtout envers ses
proches. Si elle était hypocrite, elle
te revaudrait tes petites méchance-
tés dix fois le jour. Montre-lui donc
de l'amitié et de la douceur, on t'en
estimera davantage : je ne serais
point aussi surprise qu'elle eût été
au bal par complaisance pour toi,
que je le fus de ton air recueilli un
jour de fête à l'église; tu affectais la
bigoterie à s'y méprendre. Tiens,
pendant que je suis en train, il faut
encore que je te blâme; si tu me
détestes après, ce sera ta faute;
pourquoi as-tu choisi une confidente
telle que moi ? La franchise fait la

base de mon caractère, je t'en ai
avertie ; j'abhorre tout ce qui est
joué, et je respecte tout ce qui est
senti. Deviens dévote de bonne foi,
j'approuverai ton maintien ; d'ici-là
contentes-toi d'en avoir un décent
selon les lieux où tu te trouve ; car
ne te flattes point d'en imposer.
Peu d'ames simples seront tes dupes ; les autres te jugeront, et à la
rigueur on pourrait en tirer des
inductions fâcheuses contre toi.
Crois-moi ; souvent en voulant
tromper le public, on ne trompe
que soi ; il est plus éclairé qu'on ne
pense : plus tu as envie de l'établir,
mieux tu feras de te montrer telle
que tu es, tu ne peux qu'y gagner.
    » Je souhaite plus que je ne l'es-
père que le gros cousin se relâche
de ses prétentions, et ta famille de

2   7

son autorité. A parler vrai, ce pourrait être le bien de tous deux. Vous
ne paraissez guère faits l'un pour
l'autre. Cependant, ma chère, nous
devons l'obéissance à nos parens.
Je sens que la loi est tyrannique,
je sais qu'ils abusent quelquefois
de leur pouvoir ; mais ni toi, ni
moi n'abolirons cet usage, et nous
pourrions bien augmenter le nombre des victimes qu'on traîne à
l'autel. Je ne suis point du tout
convaincue que tu n'obéiras pas ;
cet établissement a ses jours favorables, comme ses aspects disgra-
cieux ; on te fascinera les yeux sur
les uns en te les dessillant sur les
autres. Tu es bien née, bien élevée, tu céderas. Qui sait aussi si
l'amour de ce gros homme tout
jovial ne te flattera pas un peu ?

Nous aimons toutes à plaire. Et puis,
ma chère, la peur de rester fille, une
vieille fille de vingt ans, compterai-je
cela pour rien? Tiens, tout bien con-
sidére, tout calculé, un peu de complaisance d'un côté, l'amour propre
flatté de l'autre, un désir extrême
d'être une grande dame, la crainte
de ne pas l'être sitôt, t'amèneront à
obéir; c'est moi qui te le prédis.
Continue toujours à me faire part
de ce qui te touche; cela m'intéresse
assurément plus que mes affaires
personnelles. Je te remercie cependant de tes beaux projets; rien ne
me presse de me marier: ma mère
me traite avec beaucoup de bonté,
et je t'avouerai naturellement que
le mariage m'effraie; j'en vois tant
de malheureux, que j'appréhende
d'en courir les risques.

» Adieu, ma chère, je m'aperçois un peu tard que l'attrait du plaisir m'a emporté bien loin. Ne prendras-tu pas aussi cette longue lettre pour un sermon ? Pardonne si elle n'est ni aussi gaie, ni aussi légère que la tienne. Tu sais que j'ai l'esprit tourné au sérieux. Rapporte à cette cause l'air chagrin que tu m'as reproché souvent. Sans être aussi malheureuse que tu me le supposes, j'envisage des perspectives qui ne sont pas fort riantes. L'amabilité de mes voisins n'est point capable de m'en distraire ; et je te proteste que je ne pensais guère à regreter le marquis d'Olmane, tandis que j'étais auprès de toi ; tu peux examiner, commenter, s'il te plaît, ses démarches et les miennes ; je ne redoute nullement ta pénétration.

« Adieu encore une fois, ma chère,
je ne te fais point d'excuses de ma
franchise, j'ai trop bonne opinion
de toi pour craindre qu'elle te dé-
plaise. Tu y reconnaîtras certainement le zèle de l'amitié, et j'ose
dire des principes de l'aimable madame de Renelle. Car je ne prétends
pas me faire honneur de son bien,
c'est à elle que je dois le peu que
je vaux. Vois-tu à présent à quoi
sert une telle amie ? Ma chère, je
t'en souhaiterais une semblable :
toutes les bonnes qualités de ton
ame se développeraient ; tu sens
comme moi, mais tu dirais bien
mieux. »

LETTRE

DE MADAME DE RENELLE.

« J'aurais été bien enchantée de vous embrasser, ma chère petite ; je me plains autant que vous du contre-temps qui s'y oppose : on en dit plus en une heure qu'en dix lettres, et vous savez bien que je n'aime point à écrire ; néanmoins tant que je pourrai vous être utile, je m'en ferai un devoir. Les leçons que vous me demandez se tirent du mal même ; ce sont les meilleures que je puisse vous donner, ma chère enfant. Le voyageur qui s'est

égaré retourne sur ses pas, il s'é-
loigne le plus qu'il peut du sentier
qui a failli le perdre, et se défie
de tous ceux qui s'offrent à ses
regards. Imitez-le ; en deux mots,
voilà quel doit être le fond de votre
conduite. Tenez - vous en garde
contre tous les hommes qui vous
approcheront ; forcez-les à vous estimer, alors ils vous respecteront.
Leurs respects valent mieux que
leurs frivoles hommages. L'un est
un tribut digne de flatter, les
autres ne sont ordinairement que
le fruit du dérèglement de leur
imagination. Mais retenez bien,
ma chère enfant, que quels que
soient les sentimens que vous ins-
pirez, ou que l'on vous inspirera,
en amour comme en amitié, nul
ne se soutient sans estime, et l'es-

time se prouve par l'exacte scrupule à n'exiger de ses amis rien de contraire à leurs devoirs. Les porter à les enfreindre, c'est les en croire capables. Donc c'est les mésestimer et se rendre mésestimable. Vous en avez la preuve par devers vous, ma chère petite; appliquez-vous donc à connaître avant que d'aimer...... Madame de St.-Albin et madame Dubois sont chacune dans leur genre des femmes abjectes, dont vous n'auriez pas long-temps été dupe. Je plains les malheureuses filles de la première; mais si elles sont bien nées, il n'y a pas plus à craindre pour elles que pour vous; les séductions du mauvais exemple, le vice qui se montre à découvert, alarme la pudeur sans l'ébranler.

» Je ne vous parle plus de M. de Villemort : sa mort prématurée est peut-être le salut de son ame, et sa liaison avec vous doit servir de leçon à toutes les jeunes personnes. Les plus honnêtes hommes , ma chère enfant, ont une pente naturelle à séduire l'innocence ; si la probité retient quelques-uns , la fougue des passions emporte les autres. Ceux de l'âge de M. de Villemort sont ordinairement plus vifs que sensibles , rarement ils savent aimer , et tous indistinctement sont dangereux , soit par le sentiment qu'ils éprouvent, soit par celui qu'ils affectent de peindre, plus souvent encore par les artifices qu'ils emploient pour inspirer ce qu'ils sont très-loin de sentir. Défiez-vous en , ma chère fille ; je ne puis assez vous le répéter.

» S'il n'y avait point de mystère
dans les lettres de mademoiselle de
St.-Sirant, je ne serais pas fâchée
de les voir ; j'imagine qu'elles dé-
termineraient les notions que j'ai
déjà prises de son cœur et de son
esprit. Il serait peut-être important
pour vous que je la pénétrasse.
Néanmoins, ma chère petite, que
l'intérêt que vous pourriez y avoir
ne vous fasse point commettre d'indiscrétion ; au contraire, il doit
même vous rendre plus scrupuleuse.
Quelque sûre que vous soyez de ma
prudence, mademoiselle de S.-Sirant
n'est point obligée d'avoir confiance
en moi. Adieu, ma chère petite ;
adieu, ma chère enfant, ma digne
élève. Oui, vous serez mon amie,
vous l'êtes déjà, car j'ai pour vous
les entrailles d'une vraie mère. »

LETTRE

DE MADEMOISELLE DE ST. - SIRANT.

« Il faut te prouver, ma chère, que j'entends ton langage. Je me demande quelquefois ce qui doit le plus m'étonner, ou de la sottise qui m'entraîne, ou de la portion d'esprit que je possède. Toi qui a la science infuse, résous-moi ce problême. Mais ne vas-tu pas encore me moraliser pour ce petit trait de satyre? En vérité tu t'es mise en frais d'éloquence. Ta lettre est un tissu de sentences, choisies sans doute dans le répertoire de madame de Renelle. Non, elle n'a

pas perdu son temps à t'instruire ;
moi je t'aide à prendre l'essor, et
je te vois d'ici t'élever si haut, si
haut que tu fends les nues. Tu fais
de trop belles phrases : j'en suis
encore toute émerveillée. Je t'écris
dans la chaleur de l'enthousiasme.
Comment, mon père est mon père,
ma mère une digne femme, Henriette une bonne enfant? Oh ! je
ne suis pourtant point encore si
ignare, car je me doutais de tout
cela ; je les avais peints avec les
mêmes traits. Crois que je sais également tes grands principes par
cœur. Mais, ma chère, quand je
parle à mon amie, comme tu le dis
fort bien, je me persuade que c'est
à une autre moi-même. En public
j'étalerai aussi tes grandes maximes
de respect filial, d'amour fraternel,

A toi je te répondrai que je vois toutes ces choses dans leur vrai point de vue. Je devrai beaucoup à mon père, quand il fera beaucoup pour moi. Qu'il remplisse ses devoirs, les miens couleront de source, parce que j'ai un cœur capable de sentir le bien, de l'aimer et de le pratiquer. Si ma mère imagine que je lui doive une reconnaissance sans bornes des douleurs qu'elles a souffertes malgré elle pour me donner le jour, elle se trompe, je puis ne me pas trouver fort en reste avec elle. Ses douleur n'ont duré qu'un instant, et les miennes s'accroissent à tous les momens par le peu de tendresse qu'elle me marque, par l'injuste préférence qu'elle accorde à Henriette qui sort du même sang que moi. Eh bien! nous partagerons les successions et tout sera dit. Elle aura de plus hérité de la dévotion de ses pères, joui de leur bonté, passé une enfance heureuse, ainsi son état sera toujours le meilleur. Mais, ma chère, dépouillons-nous, de toi à moi, de ces préjugés faits pour le peuple, et tu verras que le cri du sang n'est qu'une chimère, que nous ne devons à nos parens que la reconnaissance du bien-être qu'ils s'efforcent de nous procurer, et du bonheur qu'ils nous préparent par une éducation telle que notre rang l'exige. Quand ils manquent à ces trois obligations, ils nous affranchissent de tout, hors du respect que nous gardons moins envers eux qu'envers nous, pour édifier le public.

«Ta madame de Renelle te prêche
une morale trop gothique. Quel
âge a-t-elle donc? On la croirait
du très-vieux temps. Si tu n'y mets
bon ordre, elle te vieillira avant
l'âge. Il est grand dommage que
tu n'aies pas une Henriette pour
sœur, c'est-à-dire, une petite idiote,
remplie des misères d'une éducation
bornée, et des petitesses de la dévotion; je parie qu'elle t'imposerait
la loi de l'aimer, et que tu n'ose-
rais pas lui représenter que ton
cœur n'en reçoit de personne, pas
même de toi. Lis, lis, ma chère, tu
as d'heureuses dispositions, du goût,
de l'esprit; avec cela et des livres
on se forme, et l'on se met à l'unis-
son du temps où l'on vit, car les
mœurs ne sont plus ce qu'elles ont
été. Aujourd'hui qu'il est permis de

penser, on revient d'une multitude
d'erreurs. Va, j'ai bien employé
mes nuits depuis que je ne t'ai vue.
J'ai trouvé le secret d'avoir des livres de toute espèce, je les dévore.
Quelle différence d'un esprit cultivé
à celui qui ne l'est pas! Que veux-
tu nous dire avec ton étude du
cœur humain et du tien en particulier? Qui est-ce qui ne se connaît
pas? On est si près de soi. Ac-
quiers des lumières, ma chère, et
tu pénétreras bien plus facilement
ce que tu te fatigues à étudier sans
notions précises sur rien. Je te vois
comme un enfant à qui on voudrait
apprendre à écrire avant qu'il sût
parler. En vérité je croyais bien plus
de rapports entre nous, mais il naî-
tront surement lorsque tu voudras
changer de plan. Suis le mien, et

nous penserons de même. Voilà de la franchise en échange de la tienne; je me flatte qu'elle ne te blessera point : nous sommes faites pour savoir entendre la vérité; il n'y a que les génies étroits qu'elle révolte.

» Le gros cousin est venu pesamment m'offrir son stupide hommage. Mon dieu, quel homme pour oser prétendre à ton amie ! On le fête pourtant extrêmement ici ; moi je dissimule, crainte d'exciter mon père à user de plus d'autorité. Blâmeras-tu encore cette sage précaution? Comme si on pouvait sonder notre intérieur. Tu as beau vanter la pénétration du public; je t'assure que nous sommes toutes à ses yeux ce que nous résolvons d'y paraître. Quand on me voit appliquée à l'é-

glise, on conclut que je suis pieuse, et
on m'en tient compte parce que l'on
sait bien que j'ai assez d'esprit pour ne
l'être pas. En vérité, ma chère, tu es
bien dupe. C'est le sort des ames
droites et bonnes, mais à la longue
cela devient si humiliant que tu t'en
corrigeras; de deux maux tu choisiras
le moindre. En imposer sur ces
sortes de choses, au fond ce n'est
qu'une malice adroite à laquelle toi
et moi réussiront quand il nous
plaira Mais être dupe! ah, ma
chère, quelle humiliation! A propos
du cousin, j'ai tiré son horoscope,
je ne serai point sa femme, ou il
sera malheureux. Il lui faut une
petite bourgeoise étoffée qui puisse
se glorifier de porter son nom :
voilà son fait. Pour moi je veux en
changer; trop de gens se prévien-

draient contre l'ignorance attachée à celui de St.-Sirant, ainsi je n'obéirai point; ta prédiction m'est presque une preuve complète que tu ne connois pas la noble fermeté de mon ame : non, je n'obéirai point.

» Toutes tes réticences sur les bontés de ta mère, sur ton dégoût pour le mariage, sur l'amabilité de tes voisins, ne m'en imposent point, ma chère; c'est par vanité que tu ne veux pas convenir de tes malheurs. Nous savons quelle femme est la Comtesse, comme elle se laisse gouverner par son M. de Prévalle, et combien celui-ci a l'empire dur : nous n'ignorons pas non plus que M. d'Olmanc est un des hommes le plus agréable, et que puisque tu lui plais, il te plaît, ou tout au moins te plaira;

cela est impossible autrement, tout
le monde le pense ainsi, mais tu dis-
simules avec ton amie, et tu voudrais
lui donner des leçons de franchise :
prêche d'exemple ma chère, ou
renonce à vouloir me persuader.
Adieu, mon amie, je t'embrasse et
ne tarderai pas à t'aller voir. Dépê-
ches-toi de me répondre; conviens
que l'un et l'autre t'embarrassent un
peu.

RÉPONSE

A MADEMOISELLE DE ST.-SIRANT

« Pourquoi, chère amie, courir après un esprit factice ? Le naturel est si beau, si bon, il plaît si fort que je ne conçois pas quelle est la fureur du siècle d'y substituer un art qui gâte tout. Que de sophismes tu crées, que d'étranges paradoxes : ma chère, ces lectures te perdront, prends-y garde : tu as l'imagination vive, tu t'arrêtes à la superficie des choses, et tu n'en pénètres pas le sens. Attends pour lire indistincte-

ment toutes sortes de livres que tu
aies quelqu'un de sage qui t'aide à
les apprécier. Sur le reste permets-
moi de te combattre. Je n'en sais
pas tant que toi, mais j'ai des principes simples que je crois sûrs, et
dont je serais bien fâchée de m'é-
carter. Tu te trompes, je ne m'élève
point, je vais terre à terre ; ainsi
ne t'apprêtes point à rire sur ma
chute. Tu as voulu faire briller ton
savoir aux dépens de la raison et
de l'amitié, Je le pardonne de tout
mon cœur à ce que tu appelles ton
enthousiasme. Quant au problême
de ton amour propre, l'épithète que
je lui donne le résout en deux mots ;
ta vanité l'a fait naître, ta vanité
l'expliquera : ne m'en demande pas
davantage, je craindrais de te mortifier. Passons à tes dissertations sur

le devoir paternel et filial. Je laisse
les plaisanteries, elles ne prouvent
rien ; les grandes maximes que tu
prétends étaler en public prouve-
ront beaucoup plus, mais ce sera
contre toi ; car la pratique devrait
suivre la théorie, et tu paraîtras
plus coupable qu'une autre, il vaudrait mieux pécher par ignorance.
Tu ne me nieras point, j'espère,
le cri de la voix intérieure, comme
le cri du sang. Moi j'ajoute foi
à tous deux, et je crois la nature
plus forte que tous les raisonnemens. Non, ma chère, ceci n'est
point une chimère. Le même sang
qui coule dans nos veines a circulé
dans celles de ceux de qui nous te-
nons le jour, et il ne se peut pas
qu'une mère qui nous a porté dans
ses flancs soit pour nous un être

tout-à-fait indifférent, quelque indifférence qu'elle nous marque. Je
sais qu'il est des marâtres, des
monstres, dont l'atrocité révolte ;
mais interroge leurs victimes, elles
te répondront que leur cœur se dé-
chire, que leurs entrailles se bou-
leversent, qu'elles éprouvent des
mouvemens indéfinissables à la vue
d'une mère qui s'est rendue envers
elles indigne de ce respectable titre.
Une autre ne leur inspirerait que
du mépris.

La nature n'est donc jamais neutre ; elle a des droits plus ou moins
étendus sur l'ame, à proportion du
degré de consanguinité. Si elle se
joue dans la diversité des caractères,
des esprits et des figures, elle n'en
imprime pas moins dans tous les
cœurs des sentimens qui lient les

pères aux enfans, attachent le frère
à la sœur, ne s'affaiblissent qu'à
mesure que les générations s'éloignent, se perpétuent et se divisent
pour former d'autres chefs, et
d'autres enfans aussi unis qu'é-
taient les premiers.

» Les devoirs paternels sont
grands, je l'avoue; et il me semble
qu'ils doivent être doux à remplir :
mais quand nos parens y manque-
raient, ils auraient fait encore beaucoup plus pour nous, que nous ne
pouvons faire pour eux dans tout le
cours de notre vie. Ainsi rien ne
peut nous affranchir du devoir filial.
Compte si tu veux les douleurs de
l'enfantement pour rien; mais les
soins, les peines, les tendres inquiétudes que leur cause notre enfance, les privations auxquelles les

2   9

oblige notre éducation quelle qu'elle soit, mettras-tu tout cela de côté? Tu parles aujourd'hui en fille qui veut secouer le joug; attends que tu sois mère, et tu me diras de quel œil tu regarderais un enfant qui adopterait tes fausses maximes. Ma chère, je me transporte dans l'avenir, et je t'assure que je préférerais la mort au malheur de donner le jour à un être à qui je deviendrais si peu cher. Le seul point que je veuille t'accorder, c'est que plus nos parens nous témoignent d'affection, de tendresse et de bonté, plus notre reconnaissance doit s'accroître, et plus les liens qui nous unissent à eux doivent se resserrer. Mais rien ne peut nous dispenser du respect; il n'y a que des cas très-extraordinaires qui puissent

faire taire dans nos cœurs le cri
de la nature pour le changer en
une impression à laquelle je ne
connais point de nom, tant elle est
rare. Qu'une pareille position doit
être accablante pour ceux qui l'é-
prouvent! malgré tout, il faut encore savoir se respecter soi-même,
observer les dehors, garder un
profond silence, baisser la tête sous
la main qui nous frappe, et souvent paraître tout oublier pour
voler au secours d'un père ou
d'une mère, dont la situation ré-
clame un dernier devoir. Je n'ai
point puisé ce sentiment dans les
livres, ma chère; cherche au fond
de ton cœur, et tu l'y trouveras
comme moi; mais tu n'en es pas
réduite à cette dure extrémité. Tes
parens, pour avoir quelques torts

vis-à-vis de toi, sont fort loin d'oublier que tu leur appartiens ; ils ont de l'honneur, de la probité et des mœurs très-pures ; et je te blâmerais beaucoup si tu rougissais d'être leur fille parce qu'ils sont plus pieux que savans. La piété contribue à notre bonheur lorsqu'elle est sincère ; et la science y nuit souvent par le mauvais usage que nous en faisons. Pour moi, si ma naissance était équivoque, et qu'on me demandât de qui je voudrais être née, je répondrais comme Jean-Jacques Rousseau, non pas d'un riche ni d'un grand, mais de gens vertueux, honnêtes et estimés, dans l'espérance de devenir estimable à mon tour en les imitant.

» J'ai lu de bons livres comme toi, et je n'y ai vu d'autres principes que les miens sur l'article dont il s'agit. L'application des choses dépend de la disposition des lecteurs; cela m'induirait à croire que la lecture a ses dangers à notre âge, quand personne ne rectifie notre jugement. N'imagine pas que nous puissions nous former seules; une jeune plante a besoin de culture. Ne nous écartons point de la nature, ma chère, elle est bonne à suivre. Si les préceptes de madame de Renelle te paraissent gothiques, c'est ta faute; c'est celle du siècle dont tu adoptes la frivolité : je n'en sais pas assez pour décider si nous avons beaucoup gagné au changement de mœurs auquel tu applaudis. J'admire dans l'histoire une infinité de grandes actions, dont je trouve peu d'exemples de nos jours; et je vois

qu'on loue aujourd'hui ce qui ne
mérite de l'être, que parce que
la vertu est si rare qu'elle a acquis
le droit de nous étonner. Cependant
je ne m'avise pas de décider, je ne
suis encore qu'un enfant à la croi-
sette : tu me l'as dit; mais je m'ins-
truis dans l'histoire, et j'espère
qu'elle m'apprendra à comparer
avec justesse, que je pourrai rapprocher les temps, apprécier les
anciens et les modernes, en prendre le bon et laisser le mauvais.
Tu y réussiras surement mieux que
moi quand tu voudras t'en donner la
peine; mais je doute que ton plan
d'étude vaille mieux que le mien, et
je continuerai de m'appliquer à connaître avant tout le fort et le faible
de mes penchans. Qui est-ce qui ne
se connaît, dis-tu? Hélas! ma chère,

c'est toi, c'est moi, c'est chacun en particulier, et tout le monde en général, par la raison même qu'on est trop près de soi, que l'amour propre aveugle, et que les circonstances seules peuvent nous éclairer sur ce que nous sommes. Ne t'es-tu jamais surprise à faire dans un temps ce que tu avais désapprouvé dans un autre? Ma chère, je remarque que nous sommes très-indulgentes pour nous; nous savons trouver des excuses où il n'y en a point. S'agit-il de blâmer un tiers? Nous blâmons inconsidérément, nous faisons parade de sévérité, croyant afficher la vertu, et nous oublions que la charité et l'humanité sont les premières de toutes.

» Quand il serait vrai que nous ne sommes aux yeux du public que ce que nous affectons d'y paraître, crois-tu que nous en serions plus avancées ? La conscience ne nous reprocherait - elle point d'en imposer, et les suffrages même que nous obtiendrions, n'ajouteraient-ils pas aux remords inséparables d'une fausseté odieuse ? Tiens, ma chère, tu prends des notions bien étrangères à la probité, à l'honneur, à la droiture ; je ne te le cache point. Si tu ne t'en rapportes pas à moi, permets que je consulte madame de Renelle, elle te ramènera certainement à la vérité, et tu m'en remercieras quelques jours. Je ne retrouve point du tout la noble fermeté de ton caractère dans la variété de tes principes : lorsqu'on en a reçu de bons, il faut y rester attaché. Si tu penses effectivement rendre ton pauvre cousin

malheureux, tu feras bien de ne pas
obéir : mais j'ai encore assez bonne
opinion de toi pour ne croire ni à
l'un ni à l'autre de ces deux motifs
de refus de ta part.

» Je n'ai pas dérogé à ma franchise en te parlant de la Comtesse :
il est très-vrai qu'elle me traite avec
douceur : je ne prétends ni la louer
ni la blâmer; et je lui appartiens de
trop près pour souffrir que tu la
dégrades à mes yeux : mais je dis ce
qui est ; ce qui me concerne, sans
entrer dans aucuns détails. Ce n'est
guère par vanité que les malheureux
se taisent; l'amour propre cède ordinairement au plaisir d'être plaint,
et tous les cœurs sensibles savent
goûter celui d'un tendre épanchement. Quand la prudence l'interdit,
il me semble que ce doit être une

peine de plus. Tu vois qu'en effet, ma chère, nos manières de penser diffèrent beaucoup. Je me suis fait des principes que tu traites de préjugés vulgaires : de là, naissent aussi sans doute nos différentes manières de sentir.

» Il ne me reste plus qu'un mot à te répondre sur MM. de Prévalle et d'Olmane. Je n'ai pas assez vécu avec le premier pour définir son caractère : il a des connaissances, de l'esprit naturel et de l'esprit acquis; il m'aide quelquefois à tirer du fruit de mes lectures : voilà tout ce que je puis t'en dire. Quant au Marquis, je me garderai bien de l'apprécier d'après son extérieur : plus il est séduisant, moins peut-être il est digne de séduire. J'ignore si je lui plais, je ne sais pas davantage s'il me plaira. Tu

décides hardiment de tout, moi je
n'ose répondre de rien, si ce n'est
du désir de conserver mon cœur
libre. Arrive à présent, ma chère,
quand tu voudras ; je ne serai pas
plus embarrassée à te recevoir qu'à
te répondre, mais j'y aurai surement
un plus grand plaisir ; c'est ta fidelle
amie qui te le jure. »

LETTRE

DE MADEMOISELLE DE ST.-SIRANT.

« Je conviens, ma chère, que le tact de vraisemblance que tu donnes à tout ce que tu me marques m'a séduite à la première lecture ; je n'ai pas le temps de l'examiner. Nous partons pour une petite tournée que nous terminerons par aller auprès de toi. Mais chemin faisant, je me propose d'approfondir tes grandes dissertations. J'ai l'imagination si ardente qu'il ne serait pas étonnant qu'elle m'emportât quelquefois. Je

n'ai que moi-même pour la régler,
et ma seule raison pour la ramener :
au lieu qu'il me paraît que tu as plus
d'un guide. Tu profites des lumières
des autres; moi je serai mon propre
ouvrage. Cela nous fera honneur à
toutes deux.

» Fais décider, si tu le juges à propos, nos petits débats par madame
de Renelle; ils peuvent être de son
ressort, et je crois qu'ils l'amuseront.
Sans vanité elle ne voit pas souvent
des lettres aussi joliment écrites. Je
ne serais point fâchée aussi de savoir
à quel style elle donne la préférence;
y consens-tu, ma chère? La seule
chose que j'exige de toi, c'est que
pour ne la pas prévenir, tu retran-
cheras des copies ce que j'ai avancé
qui pourrait blesser ton amour propre. Qui imaginerait qu'une reli-

gieuse eût autant d'esprit que tu lui
en donnes? Cela peut être cependant.
Je veux en juger comme toi par sa
réponse. Adieu, ma chère, ne m'é-
crit plus ; dans un mois j'aurai le
plaisir de t'embrasser. »

~~~~~~

LETTRE

DE MADEMOISELLE DE ***,
À MADAME DE RENELLE.

————————

« J'avais le plus grand désir, chère maman, de soumettre à votre décision les petites disputes que le hasard et la confiance ont fait naître entre mademoiselle de St.-Sirant et moi ; mais j'aurais cru manquer à l'amitié, si avant tout je n'avais eu son consentement : elle me le donne : ainsi j'agis à présent sans scrupule. Ce n'est point l'amour propre qui me fait souhaiter d'obtenir votre suffrage,

ma bonne amie; l'amour de la vérité
que vous m'avez si bien inspirée,
l'emporte dans mon cœur sur tout
autre motif; et si je pensais avoir fait
de fausses applications de vos préceptes, je vous prierais de me condamner. Vous montrez la vertu si
aimable, qu'il est impossible de ne
pas chérir vos leçons, plus impossible encore de ne pas s'y rendre.

Mademoiselle de St.-Sirant voudrait aussi que vous décidassiez du
style. Quoique je ne prétende point
à la préférence, j'y consens très-
volontiers. Je n'entrerai pas dans
de plus grands détails; car je me
reprocherais de chercher à faire
pencher la balance de mon côté.
Jugez-nous, ma chère maman; ou
plutôt nos manières de penser; je
n'en appelerai surement pas.

» Quel bonheur pour moi d'avoir une amie telle que vous! croyez que j'en sens tout le prix, et que ma reconnaissance est sans bornes. »

———

LETTRE

DE MADAME DE RENELLE.

« J'ai lu toutes vos lettres, ma chère petite : vous avez répondu à celles de mademoiselle de St.-Sirant, comme je l'aurais fait moi-même : dites-lui ce peu de mots, le surplus est pour vous seule. Quant au style, il me paraîtrait également bien, si la légèreté de celui de mademoiselle de St.-Sirant ne caractérisait pas la légèreté de sa manière de sentir et de penser. Je ne veux point vous ôter une

amie, ma chère enfant ; je sais que
les intimités de votre âge ont beaucoup d'attraits, et je serai très-
aise de vous voir jouir du plaisir
qu'elles offrent : mais mademoiselle
de St.-Sirant a plus d'esprit que
de justesse, plus d'imagination que
de sensibilité, plus d'envie d'apprendre que d'envie de savoir, et
plus de vanité que de principes.
Quelques-uns de ces défauts se cor-
rigeront l'un par l'autre avec l'aide
du temps, et de l'usage du monde ;
néanmoins je doute qu'elle devienne
jamais une amie solide. L'extrême
amour propre exclut l'amour des
autres dans les ames qu'il domine à
cet excès : et l'on s'aperçoit à chaque
trait de plume que mademoiselle de
St.-Sirant n'est occupée qu'à se
faire valoir aux dépens de tout,

souvent même de la vérité. La vertu, l'honnêteté lui sont moins chè-
res que la vaine gloire. Si elle
chérit les unes, ce n'est que parce
qu'elles mènent à une sorte de
considération dont vous la verrez
faire son idole. Ses vertus seront
toutes fausses, si elles ne change
pas de caractère. Comme il en peut
résulter des effets imposans, ceux
qui n'auront point intérêt de les
approfondir, se tiendront pour con-
tens, ils la loueront, et croiront
devoir l'estimer ; mais vous, ma
chère petite, qui mettez toujours
une candeur, une bonne foi, et
une tendresse extrême dans le commerce de l'amitié, je vous prédis
que vous serez trompée par cette
ame faible qui ne se fixe sur rien,
que la vraisemblance séduit, et

que la réalité ne frappe que par hasard. Vous voyez quelles conséquences elle tire de ses lectures ; une pensée brillante l'éblouit, et l'erreur l'entraîne ; il en sera de même de ses sociétés, dès qu'elle aura la liberté de les choisir : l'esprit et le savoir sembleront la captiver ; elle se livrera en apparence à leurs charmes : dans le fond elle ne tiendra qu'au dernier objet qui saura flatter sa vanité. C'est vraiment là le chemin de son cœur, et je parierais avec vous qu'elle épousera son cousin. Il ne s'agira que de lui montrer cet établissement sous un jour favorable, ou de lui faire croire que c'est sa raison seule qui la détermine. Ce bon garçon, tel qu'il est peint dans vos lettres, ne sera point autrement malheureux avec elle. Pour peu qu'il ait de fermeté, elle lui obéira aveuglément, tout en se persuadant qu'elle le gouverne. Il est une façon de prendre ces esprits remplis de vanité ; sans cesse ils se replient, non pas sur eux-mêmes, mais sur la volonté des autres. D'après cet analyse, ma chère enfant, réglez votre conduite envers mademoiselle de St.-Sirant, et défiez-vous de la tendre sensibilité de votre cœur : je vois qu'il ne cherche qu'à se remplir. Ce besoin d'aimer pourrait vous jouer de mauvais tours, si la confiance venait à vous rendre dépendante.

» Adieu, ma chère petite, j'aurais encore un million de chose à vous dire sur le danger de certaines lectures, sur le ridicule d'afficher un

savoir superficiel, sur les travers
que votre jeune amie se donnera
aux yeux de gens sensés si elle continue. Vous en avez senti une partie, et ma santé ne me permet pas
de vous démontrer l'autre ; l'occasion se trouvera un autre jour. Laissez-moi donc vous quitter, ma chère
enfant; je vous embrasse de toute
mon ame. »

Mademoiselle de St.-Sirant arriva
à la campagne comme elle me l'a-
vait mandé, mais je ne la vis pas
plus que lorsqu'elle était à la ville ;
et elle m'écrivit moins, parce qu'il
fallait avoir recours aux exprès,
que je veux croire qu'elle n'avait
pas sous sa main. Soit qu'elle
eût reconnu ses torts, soit que la
vivacité de son imagination l'eût
emportée vers d'autres objets, elle

ne me demanda point la décision
de madame de Renelle : moi peu
empressée de la mortifier, je ne
lui en parlai plus. D'ailleurs deux
grands évènemens vinrent faire
diversion; Sa pauvre sœur Henriette
fut attaquée de la petite vérole : elle
mourut en trois jours. Ce coup im-
prévu, qui toucha extrêmement ses
parens, changea beaucoup sa situation personnelle. Madame de St.-
Sirant le regarda comme une pu-
nition du ciel pour les prédilections
injustes d'une mère, dont la tendresse devait se partager et se re-
produire également envers tous ses
enfans. M. de St.-Sirant envisagea
cet évènement sous le même point
de vue. Tous deux affligés, tous
deux cherchèrent à s'indemniser de
leur perte. Mademoiselle de St.-

Sirant leur devint de jour en jour
plus chère ; ils ne s'occupèrent plus
que de son établissement. Elle, en-
jouée de son bonheur, oublia le
reste. J'appris par la voix publique
que son mariage était prêt à se conclure ; je crus lui devoir un compliment, je lui écrivis. »

LETTRE

A MADEMOISELLE DE ST. - SIRANT.

« CE n'est point le moment de
me plaindre de tes négligences, ma
chère ; je sens que depuis quelques
mois tu dois être esclave de ton
temps. Tes malheurs nous avaient
liées, j'espère que la félicité présente
nous réunira. J'apprends avec un
vrai plaisir que tout y concourt, et
que tu es à la veille de consommer
le grand ouvrage de ton destin.
La joie que j'en ressens pourrait
être un reproche pour toi, mais

ne vois dans cette nouvelle marque
de mon amitié qu'une preuve certaine que l'absence, ni le temps ne
peuvent rien sur le cœur de ton
amie. Adieu, ma chère, il ne faut
point t'interrompre. »

RÉPONSE

DE MADEMOISELLE DE ST.-SIRANT.

« IL est vrai, ma chère, que je suis extrêmement occupée depuis la mort de la pauvre Henriette ; tu sais comme elle nous a été enlevée promptement ; je l'ai pleurée. En vérité ce sont de ces circonstances auxquelles un bon cœur ne peut refuser des larmes. On nous a dit que tu avais envoyé ici, mais nous n'entendions plus rien. Ma malheureuse mère était dans un état déplorable ; sa douleur, ses regrets semblaient se transformer en repentir et déchirer son ame. Je ne l'ai quittée ni nuit ni jour. Souvent dans l'excès de son affliction elle me prenait dans ses bras. Viens, ma chère fille, viens, me disait-elle, que les larmes que je répandrai sur ton sein expient tous mes torts envers toi. Ce sont mes fautes qui ont irrité le ciel. Celle qui m'était trop chère n'est plus; mais Dieu est bon et miséricordieux; il te laisse pour m'aider à réparer mes torts, pour être mon unique, ma seule consolation. Soutiens mes vieux jours, ma chère enfant; sois l'appui de ma vieillesse; vois une mère au désespoir d'avoir manqué à ses devoirs; que son exemple t'apprenne à être toujours fidelle aux tiens. Hélas! pourquoi n'ai-je pas su sentir plutôt tout ce que tu valais ? Ta conduite ne me le prouve aujourd'hui que pour ajouter à mes remords. Pardonne, ma chère enfant; dis-moi..... assure-moi que tu pardonnes à ta mère, qu'elle t'es chère, et que tu comptes sur sa tendresse..... Je ne pouvais lui répondre que par de profonds soupirs. Souvent mon père nous surprenait les bras entrelacés, et nos visages colés l'un contre l'autre; sa fermeté d'ame cédait à l'attendrissement de ce spectacle; il nous serrait étroitement entre ses bras; puis il s'efforçait de nous séparer, et tâchait de nous dérober ses larmes. Allons, Madame, disait-il à ma mère, c'est trop de faiblesse; vous avez de la religion, offrez votre sacrifice au Seigneur. Ma fille, il faut savoir être résignée. Ma pauvre

mère se jetait à genoux, élevait ses
mains au ciel, et paraissait se calmer : mon père sortait; moi je res-
tais immobile sur ma chaise. Ces
scènes touchantes se répétaient dix
fois le jour. Je t'avoue, mon amie,
que mon ame n'y suffisait plus ;
l'excès de ma sensibilité l'avait épui-
sée. Il était temps que le confes-
seur de ma mère vînt lui représenter que sa douleur passait les bornes,
et qu'elle outrageait la divinité en
se révoltant contre ses décrets. Cet
homme a de l'esprit, il parle comme
un ange : en vérité, ma chère, la
persuasion est sur ses lèvres. Moi-
même j'étais pénétrée en l'écoutant :
comment ma digne mère ne l'au-
rait-elle pas été ? Il a intéressé sa
pitié et son attachement pour sa
famille ; il lui a offert des motifs de

consolation dans l'approche des sa-
cremens; elle s'est abandonnée à ses
conseils, l'a prié de revenir souvent
l'encourager ; et depuis lors tout a
semblé changer de face. Mon père
n'a plus voulu qu'on prononçât le
nom d'Henriette. Il nous reste une
fille et deux garçons, a-t-il dit à
ma mère, qu'ils se conduisent bien,
et nous ne serons pas si malheureux. Il faut commencer par établir
celle-ci : j'ai des vues depuis long-
temps : elle est bien née, je crois
qu'elle s'en rapportera à moi, et
qu'elle fera tout ce que j'exige. Oh,
mon ami ! reprit ma mère, n'exi-
geons rien, attendons tout de son
cœur; il serait affreux de la forcer
à épouser son cousin si elle ne l'ai-
mait pas. Puis, en se tournant vers
moi : ma chère fille, sois sûre que

nous ne voulons que ton bonheur ;
les circonstances actuelles nous le
rendent plus précieux et plus nécessaire ; il remettrait le calme dans
mon ame. Ton cousin est un honnête garçon , il te rendra heureuse :
veux-tu, ma chère enfant, dis , veux-
tu que nous l'envoyions chercher ?
Comble les vœux de ta pauvre mère...
Tu ne réponds rien, ma chère fille ;
est-ce que ?.... Mais tu t'attendris.....
Ses larmes coulaient, sa bonté me
touchait ; je me jetais à son cou ,
et je lui promis de faire tout ce
qu'elle désirerait. Sur le champ un
exprès est parti, le cousin n'a pas
tardé à arriver. Soit qu'il ait moins
de crainte, ou moi moins de pré-
vention, je le trouve beaucoup plus
supportable ; il a du sens ; un très-
bon cœur. J'imagine qu'on ne peut

point être malheureuse avec un
homme qui joint à ces deux qualités une fortune brillante. L'idée
d'aller vivre dans sa famille m'effraie un peu; mais sa mère est vieille,
elle ne vivra pas éternellement. D'ailleurs, sans trop d'amour propre,
je crois qu'il me sera très-facile de
gouverner tous ces compagnards.
Voilà, ma chère, où en sont les
choses. Il arrive dans le cours de
la vie bien des évènemens qu'il
est impossible de prévoir, et qui
donnent bien le change à nos résolutions. Les adversités servent quelquefois à prouver aux autres ce que
nous valons, elles nous le découvrent
aussi à nous-mêmes. Je n'aurais jamais pensé avoir le cœur si tendre,
ni l'ame si compatissante : ce sont
deux beaux présens de la nature.

Je t'en parle comme à quelqu'un à qui ils ne doivent point faire envie. Tu avais raison : il est sûr que ma mère est une digne et respectable femme ; nous vivons à présent en vraies amies. J'aurai bien de la peine à m'en séparer. Mais cette lettre est déjà bien longue. Adieu, ma chère ; je ne sais plus quand je pourrai t'aller voir : au moins sois sûre que je ne t'oublie pas, et que j'ai été sensible à tes marques d'attention. »

~~~~~~~~~~~~~~~~~~~~~~~~~~~~~~~

LETTRE

DE MADEMOISELLE DE ST.-SIRANT.

————

« Tout est encore changé, ma chère,
je m'empresse à te l'apprendre. Quelques difficultés d'intérêts suspendi-
rent d'abord la conclusion de ce mariage tant vanté ; et ces difficultés
qu'on n'avait pas lieu d'attendre de
la part d'un homme qui s'estimait si
heureux de m'obtenir, firent ouvrir
les yeux à ma mère. Elle soupçonna
quelques dessous de cartes, et voulut
éclairer de plus près la conduite du
cousin. Jusques alors il avait passé
pour avoir des mœurs ; mais quelles
mœurs, ma chère ! ton amie a failli

être sacrifiée. N'en n'aurais-tu pas gémi. Heureusement les choses n'é-taient pas encore fort avancées. Mon père est furieux; ma mère déplore ses égaremens; tu sais comme le vice lui est en horreur : moi je me félicite de pouvoir rompre un mariage que je ne faisais que par un effort de raison et de complaisance; car j'ai toujours pensé qu'il était peu sortable : ainsi, ma chère, ne t'afflige pas, ceci est un coup de partie. Quand le cousin reviendra pour conclure, il sera joliment reçu ; je m'en réjouis, et j'apprête d'avance cet air méprisant que tu me connais pour les gens qui le méritent.

» Adieu, aimable amie, je n'avais qu'un instant, je l'ai mis à profit pour t'écrire; tiens-en compte à l'amitié. »

RÉPONSE

A MADEMOISELLE DE ST.-SIRANT.

« TE voilà donc restée des nôtres, ma chère? je partage ta joie puisque tu t'en félicites. Mais ta respectable mère ne s'est-elle pas adressée à quelque dévote pour épier la conduite du cousin? Les personnes pieuses se scandalisent aisément et crient tout de suite à l'impie. J'entends parler très-diversement de cette aventure. Prends garde; on exagère souvent, et il serait très-possible que le cousin se justifiât de manière à regagner les bonnes graces de ta famille. Si on ne me trompe pas, cela est déjà fort avancé. J'espère que je le saurai plus positivement de toi, ma chère ; tu ne dois pas douter du sincère intérêt que j'y prends. »

» *P. S.* Je n'ose point te parler de ta première lettre, elle m'a arraché des larmes. Il faut éviter de rouvrir des plaies encore saignantes. Ta digne mère est vraiment une vertueuse femme : qu'elle est grande et touchante dans l'adversité ! Plus l'aveu de ses fautes a dû lui coûter, plus il est beau à elle de l'avoir fait ; et à qui ? à une fille. Ah ! ma chère, on le croirait à peine ! il n'y a que des ames aussi belles que la sienne qui puissent se le persuader. Enfin ce n'est plus ta mère, c'est ton amie. Quel titre ! que tu es heureuse, et que je partage ton bonheur ! »

~~~~~~~~~~~~~~~~~~~~~~~~~~~~~~~~~~~~

RÉPONSE

DE MADEMOISELLE DE ST.-SIRANT.

« Ce n'est plus mademoiselle, c'est madame de St.-Sirant qui t'écrit, ma chère ; mais je n'ai pas le temps d'entrer dans aucuns détails. Au reste, ils importent peu aux choses qui sont consommées. Tout le monde paraît très-content ici. Je ne négligerai rien pour être heureuse. J'irai te voir dès que je le pourrai. Je pars dans l'instant avec la fille de M. de St.-Sirant. Adieu, ma chère ; ne m'écris plus jusqu'à ce que je t'instruise de mon retour ; et ne doute jamais combien tu m'es chère. »

Je fus très-long-temps sans entendre parler de madame de St.-
Sirant.

Le chevalier d'Olmane et ses frères continuaient à me donner les
mêmes marques d'attention. Le marquis devenait plus assidu auprès de
moi. D'abord je ne mis ses soins que
sur le compte du désœuvrement où
le jetait la mort de M. son père,
qui lui avait laissé de si mauvaises
affaires, qu'uniquement occupé à y
mettre ordre, il avait renoncé à
toute autre société que la nôtre :
il paraissait la rechercher avec empressement. Des regards d'obser-
vation, insensiblement il en vint à
des regards très-tendres ; et dans
la conversation, il n'échappait nulle
occasion de me faire apercevoir
qu'il avait des vues sur moi. Sans

cesse il se plaignait de la fortune, non
pas comme d'un bien qui fût digne
d'être regretté, mais comme d'un
mal qui pourrait nuire à son bonheur, en le privant de l'établissement qu'il désirait le plus ardemment. J'étais surprise de la méta-
morphose qui se faisait en lui. Ce
n'était plus un petit - maître, c'était
un garçon aimable, honnête et sensé.
Au surplus les graces de sa jolie figure embellissaient, ou faisaient valoir jusqu'à la moindre des choses
qui sortaient de sa bouche. Il n'est
point de femme qui ne fût félicitée
d'être aussi bien, et je n'ai pas vu
d'homme à cet égard qui le valût.
Notre gloire est toujours intéressée
à louer l'objet qui affecte notre cœur.
Communément l'amour de concert
avec la vanité, font que nous nous

exagérons les qualités d'un amant;
et que lors même que l'amour s'é-
vanouit, nous cherchons encore à
pallier ses défauts : mais on décou-
vre aisément que ce n'est plus l'ouvrage du cœur. Pour moi, j'ai fait
rang à part, soit que je n'aie jamais
eu que des goûts très-soumis à l'empire de ma raison, ou que j'aie plus
senti qu'une autre la nécessité d'apprécier à leur juste valeur les hommes
qui cherchaient à me plaire : dans
tous les temps, il m'eût été aussi
facile de taire des reproches à d'Olmane que d'admirer ses vertus. Cependant il avait un de ces caractères si indécis, qu'il ne serait point
aisé de le peindre avec des traits
aussi peu faits pour former un ensemble. Quelqu'un plus habile que
moi dans cet art pourrait hasarder

son portrait. Sans s'éloigner de la vérité, on verrait dans un très-grand jour tous les contrastes réunis : mais je me bornerai à donner une juste idée de celle que j'avais prise de lui. J'ai parlé de ses agrémens. C'est une chose singulière, que ce qui devait naturellement séduire une jeune personne de seize ans, fût ce qui lui nuisit le plus dans mon esprit. Je me persuadai qu'il s'estimait prodigieusement, et que sûr de plaire quand il le voudrait, il était incapable de se fixer. De plus j'étais résolue d'éviter toute espèce de liaison qui pût tenir à l'intimité. Ma propre expérience venait de réaliser à mes yeux les soupçons qu'on m'avait donnés sur la droiture et sur la probité de tous les hommes en général envers

quelques femmes que ce soit. Je
m'appliquai donc à préserver mon
cœur de toute atteinte ; mais il était
bien difficile que je pusse embrasser assez d'objets à la fois pour
être encore en garde contre ma
vanité. Je ne dissimulerai point
qu'à la longue , elle fut flattée des
soins du marquis d'Olmane. Il se
lia encore plus étroitement qu'il ne
l'était avec M. de Prévalle, dès qu'il
fut de retour de Paris. Il en fit son
confident, lui avoua le goût très-
vif qu'il avait pour moi , et le mit
si bien dans ses intérêts , que celui-
ci me parut, on ne peut pas mieux,
disposé à le servir. Il me rendait
exactement tous leurs entretiens ; il
attirait le plus qu'il pouvait M. d'Olmane chez la Comtesse (c'était se
conduire en ami plus zélé que pru-

dent). Il me recommandait, il est
vrai, de ne pas me fonder sur des
espérances qui pouvaient devenir
trompeuses, et surtout de ne point
m'attacher au Marquis (comme si
le sentiment était à volonté); néanmoins une vaine présomption que
j'établissais sur l'expérience, me
persuadait que je serais toujours
maîtresse de mon cœur. Chaque fois
que j'avais vu d'Olmane, j'exami-
nais scrupuleusement l'état de mon
ame; et j'étais assez contente d'une
sécurité que je tâchai d'entretenir,
en étudiant les défauts de cette jolie
créature, à qui il ne manquait, selon moi, pour être digne de l'attachement d'une femme, que d'avoir
moins d'amour propre, plus de profondeur dans l'esprit, plus de fermeté dans le caractère, et moins

de légèreté dans le commerce. Au fond, peut-être, lui en prêtais-je un peu, et cela ne m'avança pas de beaucoup.

A force de préservatifs, nous employons quelquefois des moyens dont les effets trompent notre attente. C'est encore une de mes épreuves. Je m'étais imaginée que je ne plaisais que faiblement, et que d'Olmane était très-loin d'avoir des sentimens tendres pour moi. Il cherche une femme, me disais-je, et voilà tout : on se marie tous les jours sans être amoureux. Ce que je croyais être modestie de ma part, n'était sans doute qu'un rafinement de vanité ; voici ce qu'il produisit : je me mépris aux signes les moins équivoques de l'amour. Chaque marque que m'en donnait d'Olmane ne me paraissait qu'une politesse, ou tout au plus une marque de distinction. Pour avoir été plus de temps à me convaincre, il ne m'arracha que plus de regrets dès que je fus convaincue, et que je me vis obligée de renoncer au projet d'établissement qu'il était parvenu à me faire désirer. Ce fut à-peu-près pour lui l'ouvrage d'un an de soins et d'assiduité, pendant lequel il n'avait fait parler que ses yeux, mais on ne me reprenait plus à pareil jeu. J'avais d'autant plus d'attention à le fuir, que je redoutais, au-delà de toute expression, la fatuité dont tout le monde taxait le Marquis. Rébuté vraisemblablement de ne pouvoir me trouver jamais seule, il engagea la Comtesse à s'élever au-dessus du pré-

jugé, et à accepter un dîner chez des
garçons. Le retour pouvait lui fournir le prétexte de me donner le bras ;
mais je l'évitai si soigneusement,
que ce moyen ne lui réussit pas :
il en trouva un autre infiniment
commode, et plus analogue au
fonds de timidité qui était en lui.
Il écrivit à une femme retirée dans
la maison religieuse où j'avais été
élevée : cette femme, que je nom-
merai madame de St.-Mars, était
sa parente et la mienne, parce que
M. d'Olmane et moi étions un peu
alliés. Il fit la peinture la plus vive
de ses sentimens pour moi, et lui
demanda sans doute une réponse
qu'il pût me communiquer. Madame de St.-Mars avait tout l'esprit imaginable ; elle se conforma
à ses désirs avec une adresse sur-

prenante de la part d'une femme
honnête. D'Olmane vint, la lettre à
la main, me faire ses complimens,
et tâcher de piquer ma curiosité
sur un article qu'il assurait me regarder très-positivement. Quoique
je fusse fort curieuse de m'en instruire, je m'obstinai à ne pas le
paraître. Mais il était arrêté que la
Comtesse aiderait à toutes les dé-
clarations qu'on prendrait fantaisie
de me faire. Elle avait un peu de
goût pour d'Olmane ; il avait senti
la nécessité de s'y prêter ; elle l'appelait son petit mari : ce ton de badinage ne laissa pas de le servir.
Ah ! mon petit mari, lui dit-elle,
montrez-nous ce que vous mande
madame de St.-Mars. Non, non,
ma petite femme, ce sont des secrets
de la dernière importance. Tenez,

mon petit mari, je me mettrai à
vos genoux (et elle s'y mit). Lui
du haut de sa grandeur soutint la
plaisanterie jusqu'au bout. Tout ce
que je puis vos accorder, lui répondit-il, c'est de la montrer à notre
belle-fille...... Eh bien soit! Hé non,
repris-je ! je n'aime point les confidences forcées. Que Monsieur garde
ses secrets. Les supplications se tournant alors de mon côté, j'eus la
complaisance de lire cette lettre. Je
vis des détails très-amples d'une
passion fondée sur l'estime, et sou-
tenue des vues qui ne pouvaient
blesser en rien ma délicatesse. Heureusement j'étais si rouge d'avance
qu'il n'y avait plus de possibilité à
ce que je pusse rougir davantage.
Comme mon nom n'était qu'en
abrégé, pour me tirer d'embarras,

je feignis d'en supposer un autre.
Cela ne peut me regarder, dis-je
froidement, ainsi je vous promets
d'être discrète. Il n'était pas assez
dupe pour croire que je prisse le
change. Content de m'avoir fait lire
dans son cœur, il cherchait dans
mes yeux quelque assurance du retour que je me flattais encore de ne
lui jamais accorder.

Cependant cet établissement avait
ses attraits, rien n'eût été plus sortable à tous égards. Le marquis
d'Olmane compensait les défauts
que je lui ai reprochés par beaucoup d'éducation, un grand usage
du monde, le ton de la bonne com-
pagnie, un peu de lecture, une extrême douceur dans le caractère :
il était capable des procédés les
plus nobles et les plus généreux.

Une femme raisonnable pouvait espérer de le rendre plus actif pour
ses affaires ; et d'être fort heureuse
avec lui ; mais sa fortune me paraissait un obstacle invincible , je
m'y arrêtais toujours , je faisais tout
ce qui dépendait de moi pour qu'il
balançât un goût que je commen-
çais plutôt à craindre qu'à sentir.

Tout le monde jasait déjà sur ses
fréquentes visites ; il n'était personne
qui ne nous regardât comme desti-
nés l'un pour l'autre. Madame de
Renelle l'apprit par madame de St.-
Mars : elle eût sans doute mieux
aimé le tenir de moi. La difficulté
de faire passer sûrement nos lettres
ralentissait notre commerce. Une
occasion s'offrit ; elle en profita.

« On parle ici très-fort de vous,
me mandait-elle ; j'ai été surprise

d'être la seule à ignorer votre nouvelle conquête. Seriez-vous séduite
une seconde fois ? Vous êtes si tendre, si sensible que je ne serais
pas étonnée qu'une première leçon
n'eût fait impression que sur votre
esprit sans avoir corrigé votre cœur.
En parlant toujours du même principe, je vous plaindrais de toute
mon ame. Oser prononcer que vous
êtes coupable, ce serait être trop
sévère ; aimer n'est point un crime,
les actions seules décident sur cet
article. Je vous dirai cependant que
je ne vous pardonnerais pas aisément l'imprudence d'un aveu. Sou-
venez-vous des suites du premier :
c'est le moment de vous les rappeler. Aujourd'hui vous ne pourriez
plus trouver d'excuse dans l'ignorance ; et c'est un furieux malheur

que d'avoir à s'estimer moins. Au reste ne prenez ceci que pour un avis dicté par l'amitié la plus sincère. Je ne vous demande seulement pas si les bruits sont faux, ou vrais ; vous me connaissez peu curieuse ; et comme je vous l'ai recommandé, à moins que je ne puisse vous être utile, ne m'entretenez jamais des misères qui remplissent le vide de vous autres gens du monde ; l'état que j'ai embrassé me les interdit. Ne concluez pas de ceci que mon intention soit de me donner pour meilleure que je suis. Je ne suis pas assez sotte pour être bigote, ni assez hypocrite pour la jouer : ma dévotion n'est que trop souvent en défaut. Les raisons qui m'ont amenée ici n'avaient point pour base un saint enthousiasme ; des pertes

irréparables ont fixé mes résolutions : je me suis sacrifiée sans nul
regret à ma vive douleur : l'univers
ne m'était plus rien : ainsi je n'y ai
pas eu le moindre mérite. Mais le
temps affaiblit, ou use le chagrin,
l'ame ne se nourrit pas toujours de
peines, les miennes, peut-être, me
sont nécessaires : et loin de vouloir
m'en distraire, je sens qu'il m'est
utile de les perpétuer. »

LETTRE

A MADAME DE RENELLE.

« Est-ce bien à votre élève, à votre enfant, ma bonne amie, que vous prenez la précaution de dire que vous êtes peu curieuse ? comme si elle pouvait se méprendre au motif de bonté qui vous fait agir ; comme si elle pouvait cesser d'y attacher le prix de la reconnaissance ; comme si elle ne devait pas aux soins que vous avez pris d'elle une confiance entière, et l'aveu de tout ce qui se passe dans son ame. Ah ! ma bonne amie, quelle injustice vous me faites ! J'y suis plus sensible qu'il ne vous est possible de l'imaginer. Non, chère maman ; de ma vie, je n'aurai rien de caché pour vous : c'est dans votre sein que je déposerai jusqu'aux plus secrets mouvemens de mon cœur. Si je ne vous ai pas fait part de ce que vous appelez ma nouvelle conquête, c'est que je ne la vois point encore des mêmes yeux que le public. M. de Villemort m'a rendue très-incrédule sur l'article du véritable amour ; et aujourd'hui j'ajoute peu de foi aux démonstrations d'un sentiment qui me paraît si rarement senti. D'ailleurs, d'Olmane passe pour avoir tant de vanité, tant d'amour propre, si peu de stabilité dans sa manière de penser, que le temps seul peut décider de son goût apparent pour moi. Quant à celui qu'il

m'inspire, en vérité, ma bonne amie,
je n'en sais encore rien. J'ai, il est
vrai, du plaisir à le voir. D'un côté, ses
attentions me flattent; de l'autre,
elles réveillent mes craintes : je suis,
vis-à-vis de lui, timide, empressée
et retenue tout ensemble. Je doute
même que ma réserve ne soit point
portée à l'extrême : car je remarque
qu'il s'en aperçoit, et j'appréhende
qu'il ne s'en prévale. Mais, à mon âge,
le moyen d'obvier à tout ? Voilà,
ma chère maman, quelle est la situation de mon ame. Jusqu'à ce moment-ci, je suis très-incertaine d'être
aimée, j'ai le plus grand désir de
n'aimer pas ; du reste, je n'ose répondre de rien. Vous concevez seulement que je ne suis pas sans trouble et sans inquiétude. Mais vous,
ma bonne amie, avec quelle amer-

tume m'écrivez-vous sur vos peines !
Je vous croyais heureuse. Quoi !
vous souffrez ! vous êtes bien aise de
nourrir votre douleur ! vous avez
éprouvé, vous éprouvez encore des
chagrins cuisans; et je ne les partage
pas ! Chère maman, douteriez-vous
de mon zèle à les adoucir; de mon
empressement à mêler mes larmes
aux vôtres ? Non ; vous connaissez
trop bien la tendre sensibilité de
mon ame. Mais, je vous entends ; je
suis trop jeune pour prétendre à
votre confiance. Cependant, formée
par vos soins, ne devrais-je pas en
être digne ? Oh ! mon amie, ma
bonne et unique amie ! je ne soutiens
pas l'idée que m'offrent vos malheurs.
S'ils allaient affaiblir votre santé ! si
j'avais celui de vous perdre , que deviendrais-je ? N'aurais-je pas tout

perdu à mon tour ? Au moins, permettez-moi d'avoir soin de vous, de conserver des jours qui me sont précieux, et auxquels mon existence est attachée pour la vie. »

— *P. S.* J'ai fait attention à tout ce que vous m'avez marqué précédemment sur le caractère de mademoiselle de St.-Sirant, aujourd'hui madame. Je profiterai de vos conseils : néanmoins, ma bonne amie, je lui crois un très-bon fond : les torts de ses parens étaient la cause de ceux qu'elle s'est donnée vis-à-vis d'eux. Elle n'avait ni amie ni conseil ; il n'est point étonnant qu'avec sa vivacité, elle se soit fait de faux principes ; mais elle en est déjà revenue en grande partie, depuis la mort de sa sœur. L'époque de son bonheur semble être celle de sa raison : la lettre qu'elle m'a écrite à ce sujet vous touchera : je vous l'envoie pour la réhabiliter dans votre estime. Vous verrez qu'elle n'a point consenti à son mariage par faiblesse ; c'est le sentiment qui a fait les frais de l'obéissance. Il y a quelque temps que je n'ai eu de ses nouvelles ; on nous l'annonce dans ce canton. Je vous avoue, ma bonne amie, que j'aurai un grand plaisir à la voir dans toute sa gloire.

Depuis le retour de M. de Prévalle, nous avons repris notre train de vie ordinaire. Adieu, chère maman, permettez à votre petite amie de vous embrasser. Il lui serait bien doux de pouvoir aller sécher ou recueillir vos larmes : vos peines l'occupent uniquement.

Je ne me sentais pas encore cou-

pable, mais pour me soutenir dans
ma tranquillité, j'avais besoin de
réfléchir souvent sur les obstacles
et les inconvéniens que je prévoyais
devoir naître; ils m'aidaient à être
circonspecte, et j'eus bien lieu de
m'en applaudir.

Premièrement dans le même
temps, la famille de d'Olmane en-
treprit de le marier à une fille plus
riche que jolie, et mal élevée : on
l'obligeait à aller lui faire sa cour.
Il s'y prêta si mal qu'il déplut à
cette jeune personne, qui elle-
même avait une inclination. J'avoue,
en passant, que je ne comprenais
pas trop comment il pouvait déplaire : quoi qu'il en soit, l'éloignement qu'ils montrèrent l'un pour
l'autre fit languir l'affaire : d'Olmane
m'en rendait un compte assez exact.

J'avais trop de vanité pour lui laisser entrevoir que j'y prisse d'autre intérêt que le sien : ce parti vous convient, lui disais-je, et vous ne pouvez mieux faire que de céder aux désirs de Madame votre tante, dont vous attendez tout. Il trouvait que je parlais fort à mon aise : en effet il ne m'en coûtait pas prodigieusement.

Le destin attaché à me poursuivre n'avait pas mis ce mariage dans l'ordre de choses possibles : il ne réussit pas. D'Olmane vint un jour, la joie peinte sur sa jolie mine, m'apprendre que tout était rompu. « Dieu soit loué, me dit-il, on m'a » rendu ma liberté » ; du ton dont on ajoute : je voudrais bien ne la sacrifier qu'à vous. L'expression du sentiment brillait dans ses yeux, ils étaient vifs, tendres et honnêtes tout ensemble. J'eus bien de la peine à cacher la part que je prenais à cet évènement; j'en était surprise moi-même. Mais félicitez-moi donc, me disait-il. Hélas ! de quoi ? pourquoi vous féliciter, lui répondais-je ? Il pourrait vous arriver quelque chose de pis; au moins ce malheur n'est-il pas prochain, reprit-il; il pourra m'être permis d'espérer. Savez-vous que c'est un grand bien que l'espérance ? Depuis hier qu'elle m'est rendue, je ne puis vous exprimer combien je me trouve heureux. Oui, c'est une assez belle chimère, continuai-je toujours froidement. Oh mon Dieu, que vous êtes étrange avec vos réflexions et vos sentences ! vous me désespéreriez inhumainement. Eh bien, je n'en

démordrai pas ; soit chimère ou non,
je veux espérer, et j'espérerai si long-
temps, qu'à la fin ma constance persuadera, persuadera. Et qui persua-
dera-t-elle ? Les circonstances, les
inconvéniens, les obstacles. Cela est
supérieurement bien dit ; mais je
crains fort que vous ne vous mettiez
en frais de délicatesse, absolument à
pure perte. Toute claire qu'était cette
conversation, la Comtesse n'y com-
prenait rien. Nous la soutînmes une
heure sur le même ton : lui avec
feu, moi avec un froid si affecté qu'il
n'en fut pas mécontent. Ses assidui-
tés en redoublèrent ; je m'aperçus
avec chagrin que j'en ressentais un
plaisir plus vif que je n'aurais voulu.
Une absence de trois mois qu'il fit
pour lors acheva de m'éclairer sur
l'état de mon cœur, il me semblait

que quelque chose me manquait. Je devins triste, mélancolique, je voulus m'étourdir. Je sortis beaucoup plus souvent qu'à mon ordinaire.

Madame de St.-Sirant était venue me voir; elle devait passer plusieurs mois dans une terre voisine de celle de la Comtesse. J'allais souvent chez elle, nous parlions sans cesse de d'Olmane, avec qui je lui avais fait faire connaissance. Quelques livres prêtés, empruntés et renvoyés leur avaient donné occasion de s'écrire : il était beaucoup question de moi dans toutes ces lettres. Madame de St.-Sirant cherchait à pénétrer mon secret : à peine me l'avouais-je à moi-même. Enfin, à force de contrainte, d'aller et de venir, je tombai malade, et malade très-dangereusement. Je reçus toute sorte de marques d'attention de la part des frères de d'Olmane; ils se relevaient à toutes les heures pour savoir de mes nouvelles; le Chevalier surtout me parut pénétré de mon état. Ce n'était plus intérêt ni amour, j'en fus d'autant plus reconnaissante. Aussitôt que le Marquis sut le danger où j'étais, il écrivit chaque ordinaire à M. de Prévalle : ses lettres me furent communiquées, et elles achevèrent de me convaincre de son attachement. Je n'étais plus assez simples pour m'exposer au repentir. Dans le doute où j'étais sur la situation de mon ame, si j'aime, me disais-je, il faudra bien subir mon sort. Tout ce que je puis est de me garder de l'aveu : je me le promis, et je me suis tenue parole.

J'amusai ma convalescence par

mille projets qui tous étaient re-
latifs à d'Olmane. Madame de St.-
Sirant vint mettre le comble à mon
illusion, en m'apportant une lettre
qu'elle avait reçue dans le temps où
j'étais le plus mal; elle voulut d'a-
bord m'en faire payer la lecture par
un entier aveu..... Non, lui dis-je,
ma chère, n'attends point de moi
l'aveu que tu me demandes; si j'aimais le Marquis, je voudrais me le
cacher à moi-même. Pourquoi cela?
il est si aimable! Pourquoi? Parce
qu'il me paraît impossible que nous
soyons jamais unis. Ma fortune dépend de la Comtesse, celle de d'Olmane est dans les mains de la Baronne de ***, sa tante, et ni l'une
ni l'autre ne se prêteront à rien......
Tiens, me dit-elle, tu me fais pitié;
lis cette lettre, elle détruira toutes

tes craintes; je vois à présent plus
clair que toi dans ton cœur. Tous
ces raisonnemens ne sont que des
combats; tu dois cruellement souffrir, je sais ce qu'il en coûte. Mais
il est tard, adieu, ma chère; je te
laisse de quoi te consoler.

~~~~~~

LETTRE

DE D'OLMANE A MME DE ST.-SIRANT.

« QUELLE affreuse nouvelle je
viens d'apprendre, Madame! mademoiselle de *** à toute extrémité
d'une fièvre maligne ! Ce pourrait-
il que le sort fût assez cruel pour
trancher le cours d'une si belle vie?
Je vous ai vue si intimement liée avec
elle, que vous ne serez pas surprise
sans doute de l'intérêt que je prends
à sa conservation. Vous jugerez de
mes sentimens par les vôtres. Madame, le malheur extrême rend

tous les hommes vrais et sincères par besoin, comme ils devraient l'être par nature. En vain voudrais-je vous cacher dans cet instant que j'adore votre aimable amie; un cœur accablé du poids de ses peines cherche un doux épanchement. Un malheureux semble avoir acquis le droit de se plaindre. Oui, Madame, je ne respire que pour votre amie; je mettrais le terme du bonheur à celui de pouvoir lui offrir une fortune digne d'elle. Si, malgré tous les obstacles que je prévois, rien ne peut rebuter ma constance, jugez dans quel état me réduirait une mort si prématurée. Je n'y puis songer sans que tout mon sang se glace dans mes veines. Dieu ! que deviendrais-je? ma tante m'a trouvé ce matin si absorbé, qu'elle s'est

doutée de la situation de mon ame.
Elle m'a demandé avec une sorte
d'intérêt des nouvelles de mademoiselle de ***. J'ai profité de la circonstance pour lui avouer mes sentimens; elle ne m'a pas paru éloi-
gnée de faire quelque chose pour
moi. Mais m'est-il permis de me
livrer à aucun espoir ?..... qui sait
si ?..... Madame, les forces me manquent..... Pardonnez le désordre où
je suis, daignez en prendre pitié
et m'instruire de mon sort. Ma reconnaissance égalera mon profond
respect.

Si les dispositions favorables de
la baronne de *** envers son neveu
ne levaient que la moitié des difficultés, c'était toujours au moins en
applanir quelques-unes ; le temps
pouvait achever le reste. Je convien-

drai ingénument que cela commen-
çait à former l'unique objet de mes
désirs. La seule idée de tout autre
établissement me répugnait, même
m'effrayait. Malheureusement tout
le monde s'empressait à se mêler
du mien. On vint parler à la Comtesse de celui que j'ai accepté depuis, mais que je rejetai très-loin
dans ce temps-là. Mes refus pour
M. de Crémy ne furent pas pris en
trop mauvaise part. On dit seulement qu'il fallait attendre et voir.

Je n'avais que dix-sept ans, rien
ne pressait, je crus en être délivrée.
Je vis arriver d'Olmane avec d'autant plus de plaisir. Son empressement, ses soins devenaient chaque
jour plus tendres. L'état dans lequel
j'avais été, et dont on voyait encore
des traces sensibles, lui fournit

l'occasion de me dire une infinité de choses qui me confirmaient combien je lui étais chère : je lui avais coûté plus d'une larme, m'assurait-il ; celles qu'il retenait en me le jurant m'attestaient cette douce vérité. La violence extrême que je me faisais pour n'y répondre que par une politesse froide, ne passait pas mes lèvres ; mes yeux s'animaient malgré moi ; les indiscrets me trahissaient sans que je m'en doutasse. M. de Prévalle qui prenait un intérêt très-sévère à ma réputation m'en avertit. Vous êtes vraie, me dit-il, faites plus, soyez franche, et convenez de ce qui ne pourrait échapper à ma pénétration. Croyez-moi, vous aimez le Marquis ? Si vous n'entendez, lui dis-je, par ce mot aimer, qu'une préférence de

goût fondée sur des vues d'établissement, j'avoue de bonne foi qu'il
n'est point d'homme auquel je m'u-
nisse plus volontiers qu'à d'Olmane.
Je sais qu'il a des défauts, mais tous
les hommes en ont. Je sais aussi
que rien n'est plus incertain que la
réussite de ce projet; et je fais un
rempart de ceci entre lui et moi,
qui me préservera toujours de m'y
attacher à un certain point : voilà
avec la plus grande sincérité ce que
je crois lire dans mon cœur..... Eh
bien, reprit-il, je vous suis garant
que vous n'y voyez pas bien clair.
Vous n'en êtes point avec le Marquis au point de confiance où vous
parûtes d'abord avec M. de Villemort ; et c'est ce qui aide à vous
tromper ; mais ce n'est que le fruit
de l'expérience : il est aisé d'aper-

cevoir que vous prenez prodigieusement sur vous dans vos actions
et dans vos propos, pour ne pas
répondre à ses avances ; vous n'avez
pas le même empire sur vos yeux ;
à chaque instant ils vous jouent de
mauvais tours. D'Olmane est vain,
il se persuadera que vous l'aimez,
que votre réserve, démentie par vos
regards, n'est due qu'à la contrainte
à laquelle vous êtes forcée. Il est capable de s'en vanter ; je sais comme
il traite les femmes ; cela peut vous
faire grand tort dans le monde. Quiconque suppose une inclination à
une fille ne se présentera pas pour
l'épouser. Quelqu'aimable qu'il soit,
il y a dix à parier contre un que la
Comtesse ne vous donnera pas à
d'Olmane ; je vous promets cependant, si sa tante consent à lui faire

un sort qui puisse le rapprocher de vous, qu'il n'y aura rien que je n'entreprenne pour combler vos désirs ; mais sur toute chose observez-vous.

J'eus beau rentrer en moi-même, je n'y découvris exactement que les impressions dont j'étais convenue avec M. Prévalle, je conclus de là qu'il avait cru devoir prévenir le danger par ses conseils ; et tant que je n'éprouvai pas d'autre contrariété, je demeurai intimement convaincue qu'en cas de nécessité je séparerais mon sort de celui du Marquis, sans une douleur bien amère. Je continuai à le voir sur le même ton ; j'ajoutai seulement tant de circonspection dans ma conduite, que cela allait jusqu'à la défiance : il le remarqua et m'en fit quelques plaisanteries.

Il n'y avait rien de fort désobligeant
pour lui; c'était avouer tacitement
la persuasion où j'étais que sans cesse
nous étions occupés l'un de l'autre.

Ces observations n'échappent jamais aux hommes; ils me paraissent
avoir un degré d'amour propre de
plus que nous : soit délicatesse ou
timidité, nous doutons bien plus de
nos succès.

Il y avait trop long-temps que j'é-
tais tranquille : de nouvelles propositions de mariage vinrent me troubler. Heureusement la Comtesse n'y
trouva rien qui pût flatter sa vanité
du côté de la naissance ni de la fortune; elle dédaigna l'une et l'autre.
Ce n'est pas ce qui m'alarma, comme
on le juge bien; mais les détails
dans lesquels elle entra relativement
au peu qu'elle voulait faire pour

moi, et à tout ce qu'elle exigeait
que l'on offrît pour m'obtenir, me
montrèrent pour ainsi dire l'évidente
nécessité de renoncer à d'Olmane.
Ce que j'imaginais devoir détruire
en moi toute espèce de goût pour
lui, m'apprit que j'avais presque un
attachement réel; j'en fus affligée
au-delà de toute expression : à mon
tour le Marquis me coûta quelques
larmes. Revenue du premier mouvement, je me trouvai assez de
force pour réfléchir. La Comtesse
se dégoûtait de moi, une grande
fille est toujours à charge, et je me
voyais réduite à être sacrifiée au premier magot qui voudrait bien se
payer de mon nom et de mes faibles
attraits. Elle ressemblait à ce vieil
avare qui, toutes les fois qu'on lui
demandait sa fille, répondait, c'est

un trésor; elle a pour cent mille
écus de mérite. Dans ces circonstances, la Comtesse aurait encore
volontiers renchéri sur ma dot.

Il n'était pas possible que d'Olmane pût s'accommoder d'aussi peu
de bien; quand il l'aurait voulu j'é-
tais trop sensée pour y consentir. Il
est sans doute fort agréable de s'unir
à quelqu'un pour qui l'on a une préférence marquée : le fol enthousiasme peut d'abord fasciner les
yeux sur le reste, mais le cours des
choses humaines n'admet point que
ce sentiment conserve la même vivacité, chez les hommes surtout;
plus ils s'y livrent, moins il dure;
au bout d'un terme le bandeau
tombe, et l'on finit par se repentir
mutuellement d'avoir trop donné à
l'amour, et rien à la raison. Je

n'envisage rien de pis que de ne
pouvoir pas faire honneur à ses affaires ; du caractère dont je me connais,
c'eût été pour moi un vrai supplice.
Je fus assez raisonnable pour faire
toutes ces réflexions, et je me promis de les renouveler si souvent,
qu'enfin elles me conduiraient à ne
plus regarder d'Olmane que comme
ses autres frères, auxquels il était
bien décidé que je n'appartiendrais
jamais.

Je me croyais assez d'empire sur
moi-même pour vaincre mon penchant ; mais avant d'y parvenir, il
était écrit que l'amour me livrerait
plus d'un combat. Telle est notre
faiblesse, qu'avec les plus belles résolutions du monde le cœur se joue
sans cesse de la raison.

C'était bien le cas d'avoir recours

aux sages leçons de madame de Renelle.

« Vous m'avez permis , lui mar-
quai-je , de vous importuner dans
le besoin : j'use de la permission ,
aux risques de vous ennuyer. Pré-
parez-vous , ma bonne amie..... Mais
hélas ! qu'ai-je à vous apprendre que
vous n'ayez prévu long-temps avant
que je m'en doutasse ? Je rougis
jusqu'au fond de l'ame d'avoir une
nouvelle confession à vous faire.
Je voudrais pouvoir me cacher à
moi-même qu'il existe un mortel
pour lequel je crains d'avoir trop
de sensibilité. Il me semble entendre prononcer ma condamna-
tion au fond de mon cœur : le
triste souvenir du passé m'alarme
pour l'avenir : je sens tout mon
tort, je n'y trouve nulle excuse : je

forme mille projets ; puis-je manquer de courage pour les exécuter ?
Ah ! mon amie, qu'un cœur tendre
n'est pas un aussi beau présent de
la nature que je me le persuadais !
L'innocence, le charme des premières impressions que notre amitié
fit éprouver au mien, me servait de
règle pour en fixer le prix : aujour-
d'hui j'en rabats considérablement.
Quand recouvrerai-je donc ma paisi-
ble indifférence ? Indiquez-m'en les
moyens. Pour moi, je n'en vois
d'autre que celui de fuir l'aimable
d'Olmane : puisque ses défauts n'ont
pu me garantir de le chérir plus
que je ne devais, non seulement je
veux qu'il l'ignore, mais je veux
encore travailler à le détacher de
moi, le recevoir si mal, être si
maussade, qu'il se rebute. Je vous

parle vrai, ma bonne amie, c'est bien mon intention dans certains momens. Pourquoi la faible humanité ne comporte-t-elle pas une plus grande étendue de perfection ? »

RÉPONSE

DE MADAME DE RENELLE.

« Je vous dois plus d'une réponse, ma chère petite, mais je vais commencer par votre dernière lettre. Quoique j'eusse prévu tout ce qu'elle me confirme, je m'afflige de tout mon cœur avec vous des nouveaux combats que vous allez avoir à soutenir. Ma chère enfant, l'amour est le tyran des ames sensibles; plus on s'approche de la force de l'âge, plus cette passion acquiert d'empire sur tout notre être. Je ne vous di-

rai donc plus comme à quinze ans :
vous prenez un simple penchant
pour l'amour ; je vous dirai au contraire : gardez-vous de prendre l'a-
mour pour un simple penchant. Ne
vous dissimulez point que vous aimez. Il vaut cent fois mieux rougir
de ses fautes que de s'exposer à
les aggraver par un aveuglement
volontaire. Car de tous les sentimens, celui que l'on s'avoue, dès sa
naissance, est toujours le moins dangereux pour une femme vertueuse.
Si vous étiez du nombre de celles
qu'on nomme faibles, je tâcherais
de vous humilier en exagérant des
torts, qu'avec justice je ne puis regarder que comme une suite inévitable d'une trop délicate confor-
mation. Les ames élevées veulent
être reprises avec plus de ménage-

ment : je prétends même qu'elles
trouveraient en elles toutes les ressources nécessaires, si l'ardeur des
passions ne les empêchait pas de
rapprocher les objets. Je vous ai-
derai volontiers à surmonter cet
obstacle ; et c'est le seul moyen que
j'envisage pouvoir vous être de quelque utilité. Celui que vous vous
proposez d'employer en fuyant le
marquis de d'Olmane est très-beau
dans la spéculation ; mais par un
contraste singulier, je n'en admets
la possiblité que pour les ames extrêmement fortes, ou excessivement
faibles. Sondez le cœur humain,
et vous en sentirez les raisons : vous
verrez qu'une ame forte est ordinairement très-susceptible d'ambition,
qu'elle a plus d'amour propre, et
que l'amour de la gloire est le pre-

mier de tous ses sentimens. Or, l'entier renoncement à un objet aimé lui est plus facile en ce qu'elle sacrifie une passion à une autre dominante. Quant à l'ame faible, cette résolution ne viendra jamais de son propre mouvement. On peut seulement, avec art, la conduire à l'adopter comme sienne. Il lui en coûterait moins dans l'exécution, parce qu'elle n'aime que proportionnellement aux facultés de son être.

Dans quelle classe rangez-vous donc mon ame, m'allez-vous demander? Je ne la range dans aucune, ma chère petite; je me borne à la définir, et elle n'y perd rien. Vous réunissez tout ce qu'il y a d'actions tendres, vives et sensibles; il s'y joint une noble élévation,

beaucoup de candeur, un amour
naturel pour tout ce qui est honnête. Cet amour absorbe en vous
l'amour de la gloire. Toutes ces
qualités se confondent pour ne former qu'un seul tout ; et je doute
que vous ayez éprouvé séparément
l'une des sensations qu'elles produi-
sent. Conséquemment vous êtes la
femme du monde la moins maîtresse
de commander à votre cœur avec
l'empire que votre raison semble
désirer. Loin d'anéantir le sentiment, vous le heurteriez par des
remèdes trop violens. Eh ! qui sait
ce qui en résulterait ? Croyez-moi,
ma chère petite, n'entreprenez rien
au-dessus de vos forces ; la chute
serait certaine. Prenez une voie plus
douce et plus analogue à votre
caractère. Sans nourrir votre pas-

sion ; amusez-le dans ces momens
où votre imagination échauffée ne
peut vous permettre rien de mieux ;
dans ceux où le calme renaît assez
pour que la raison use à son tour
de ses droits , c'est alors qu'il faut
rassembler tout ce que vous avez
de forces , de courage et de vertu
pour l'opposer aux attraits du sentiment , et balancer l'amour par la
gloire de vous vaincre ; surtout faites
taire , s'il est possible , ces mouvemens naturels qui nous induisent à
mettre nos fautes sur le compte des
faiblesses attachées à notre condition. Sous le spécieux prétexte d'en
gémir , il arrive toujours qu'on
cède plus aisément aux impulsions
du cœur : néanmoins n'espérez pas
triompher tout de suite ; ceci ne
peut être l'ouvrage que du temps ,

de la patience et des efforts du rai-
sonnement. Mais, pour y parvenir,
imposez-vous d'abord quelques privations, mesurez-les à vos forces ;
insensiblement, chaque jour, vous
gagnerez quelque chose, et vous
reviendrez plus contente de vous-
même. Les absences du Marquis
doivent vous aider à commencer
cette grande œuvre ; je souhaite que
les défauts que vous avez aperçus
en lui achèvent de la couronner ; car
cet attachement paraît empoisonner
vos plus beaux jours. Ce sont des
plaisirs illusoires qui se paient bien
cher. Croyez, ma chère enfant,
que je vous parle avec connaissance
de cause, c'est ma propre expérience qui me guide ; je laisse les
préjugés à part, et vous répète encore que le plus grand des malheurs

pour une jeune personne, est celui
de former une inclination à laquelle
le plus solennel des engagemens
l'oblige tôt ou tard de renoncer.

» Quant à ce qui me regarde, je
vous crois très-digne de ma confiance, ma chère enfant, mais pas
assez forte pour en supporter le
poids. Lorsque votre ame sera dans
une assiette plus tranquille, je ras-
semblerai très-volontiers tous les
débris de mes papiers, et je vous
les remettrai. Ils peuvent servir à
vous instruire ; aujourd'hui ils n'exciteraient que votre sensibilité, et
vous n'avez pas besoin de cela. Non
seulement il est des leçons et des
exemples pour chaque âge, mais
il en est aussi pour chaque circonstance ; et l'on doit avoir égard à la
disposition actuelle du cœur auquel

on veut qu'elles soient profitables.

» On nous annonce ici votre jeune amie madame de St.-Sirant : je désire fort m'être trompée sur son compte : la lettre que vous m'avez envoyée ne me désabuse pas encore ; sa vanité y perce partout, même à travers sa prétendue douleur. Ce n'est ni elle ni son langage qui me touchent, c'est sa pauvre mère. Quelle est grande cette femme ! concevez-vous bien, ma chère enfant, l'élévation qu'il faut avoir dans l'ame pour avouer ainsi ses torts, et chercher à les réparer sans autre mouvement que celui du cœur ? Voilà le fruit de la vertu. Adieu ma chère petite, veillez sans cesse sur vous-même, ne vous laissez point abattre, et rassurez-vous sur ma santé, elle n'est pas mauvaise ;

pourvu que je la conserve aussi
long-temps que mon amitié pourra
vous être utile ; je n'en demande
pas davantage. »

D'Olmane partit à l'ordinaire pour
son régiment ; j'avais de ses nouvelles par M. de Prévalle, auquel il
écrivait assez régulièrement, malgré son extrême négligence ; tant il
est vrai que l'amour est une passion
qui pourrait, à la longue, rectifier
bien des défauts, si l'on savait mettre à profit l'instant où elle a assez
de force pour aider à les corriger.
Quoique les frères de d'Olmane eus-
sent eu chacun en particulier quelques velléités de sentiment pour moi,
ils se rangèrent de son côté et ils pa-
raissaient désirer si ardemment de
m'avoir pour belle-sœur, qu'ils me
rendaient des soins pour son compte.

Ce temps d'absence fut pour moi celui de revenir aux affaires domestiques. Je n'étais point affectée au point de n'y prendre aucune part. Les fréquentes altercations qui naissaient, à chaque minute, entre la Comtesse et M. de Prévalle m'affligeaient sensiblement. Quelquefois l'humeur rejaillissait sur moi; d'autres fois, il me fallait écouter les plaintes de part et d'autre; la prudence exigeait que je restasse neutre. Cependant, je hasardai un jour de laisser entrevoir à M. de Prévalle l'étonnement où j'étais sans cesse de ce qu'ayant si peu d'analogie entre le caractère de la Comtesse et le sien, il se fût fixé chez elle. Je vous entends, me dit-il, bien des gens pensent sûrement que c'est par intérêt; et peu rendent justice à la pureté de

mes motifs. Je serais bien fâché que
vous les soupçonnassiez de bassesse.
J'avoue, poursuivit-il, qu'il est presqu'impossible que nous soyons souvent d'accord, la Comtesse et moi,
vu nos différentes manières de penser; je ne lui en suis pas moins es-
sentiellement attaché; la bonté de
son cœur m'est connue, malgré les
mouvemens de vivacité qui semblent la démentir quelquefois. Nous
sommes tous faibles, il n'est pas
étonnant que nous ayons des défauts.
Si je fronde les siens avec fermeté,
c'est parce que moi-même j'en ai
d'opposés; car je sens à merveille
que les représentations douces con-
viendraient mieux de toute manière:
malheureusement, il n'est point en
mon pouvoir de me refondre. D'ailleurs, le vif intérêt que je prends à

2   17

ses affaires m'emporte souvent sur
toutes les autres considérations. Je
ne puis perdre de vue ce que je dois
à la mémoire de M. votre père, ce
qu'il m'a recommandé en mourant,
et ce que je lui ai promis. « Tu me
» fermes les paupières, me dit-il,
» mon cher ami ; c'est le dernier de-
» voir de l'amitié, mais ce n'est pas
» le dernier service que j'en attends.
» Je te laisse une femme que j'aime,
» et un enfant au berceau. Tu sais
» combien cet enfant m'eût été cher
» si j'eusse vécu ; tiens-lui lieu de
» père, je te le demande en grace ;
» prends soin de son enfance, veille
» à son éducation, ne perds pas un
» instant ses intérêts de vue ; je te
» la recommande, ainsi que sa mère
» que je te prie de ne pas abandon-
» ner ; je juge du besoin qu'elle aura

» de toi après ma mort, par l'uti-
» lité dont j'ai vu que tu lui étais de
» mon vivant ».

Telles furent ses dernières paroles, mademoiselle; j'ai été fidèle aux
engagemens qu'elles m'imposaient,
et je serai toujours pénétré de reconnaissance pour ce digne ami.
Puissé-je remplir ses vues en contri-
buant à votre bonheur! mes soins
seront doublement récompensés.
Sans vous presser davantage de
m'avouer votre penchant pour d'Olmane, je vois que lui seul peut combler vos souhaits; et surement s'il y
a moyen de vous unir, sans trop sacrifier vos intérêts réciproques, vous
pouvez compter que je ferai tout ce
qui dépendra de moi. De quelque
manière que les choses tournent,
gardez-vous seulement de la fatuité.

Si vous devenez sa femme, il vous en estimera davantage; si vous en épousez un autre, vous serez à l'abri des propos.

Je fus enchantée de cette conversation avec M. de Prévalle, et dès ce moment je commençai à reconnaître l'injustice des préventions désavantageuses que j'avais eues à son égard; je m'en suis convaincue dans la suite, et n'ai pu douter qu'il ne s'intéressât véritablement à faire réussir les choses au gré de mes désirs. Peut-être même aurait-il été plus prudent de sa part de ne pas me communiquer aussi exactement les lettres de d'Olmane; elles entretenaient un vain espoir, qui eût fait mon malheur si j'usse eu moins d'empire sur moi-même; mais cette réflexion était alors bien loin de mes idées.

Au bout du terme prescrit, d'Olmane quitta son régiment et revint
apporter quelque soulagement à ma
tristesse. M. de Prévalle lui four-
nissait le plus de prétextes qu'il
pouvait pour le rapprocher de moi.
Le hasard nous fit quelquefois ren-
contrer seuls, et ces hasards augmen-
tèrent prodigieusement mon estime
pour lui, par rapport à la manière
honnête dont il savait les employer.
Des marques de confiances, des
protestations de respect et de tendresse, remplissaient tous ces ins-
tans : sa timidité égalait presque la
mienne. Convaincu que je n'ignorais
pas l'étendue de ses vues, il gardait
devant la Comtesse beaucoup plus
de ménagement que je n'aurais osé
m'en flatter : cependant il paraissait n'être pas fâché que j'aperçusse

qu'il se mêlait de temps en temps
quelques mouvemens très-vifs à des
sentimens plus délicats : je rougissais, il sortait : jamais dans les têtes-
à-têtes il ne lui est arrivé d'alarmer
ma délicatesse. Cette retenue nous
conduisit au ton de la simple
amitié : il découvrit une partie de
mes chagrins, et me fit part des
siens si adroitement dans la conversation générale, que nous nous fîmes
un langage tout particulier. Il com-
mençait à ne plus s'accorder avec
ses frères. C'était trois caractères
différens, quoique tous trois très-
aimables et gens de mérite.

A quelque temps de là, nous
fûmes passer le carnaval à la Rochelle ; j'y retrouvai madame de St.-
Sirant que je n'avais pas vue depuis
un siècle, et dont je n'avais eu de

nouvelles que par d'Olmane, à qui
elle écrivait par hasard pour lui em-
prunter des livres. Je voulus lui
reprocher son départ, son silence,
son indifférence à laquelle je n'avais
pas pensé devoir m'attendre. D'a-
bord elle affecta un air de hauteur
pour me faire sentir que c'était à
moi à la prévenir ; mais apercevant
un peu de sécheresse dans mes réponses, elle s'excusa sur ses occu-
pations d'un nouveau genre de vie ;
elle entra dans les plus grands détails, reprit le ton de l'amitié, y
joignit des caresses, presque de la
confiance, et tout fut oublié.

Elle devait retourner chez sa
belle-mère, où elle attendait un pa-
rent de son mari, homme aimable
et savant dont elle faisait un cas
singulier. Je voulus l'en plaisanter,

elle se vengea sur d'Olmane. Au
reste, ajouta-t-elle, montre-moi de
la confiance, conviens que tu aimes
le Marquis, et je serai franche aussi
à mon tour. Après les lettres qu'il
m'a écrites tu ne peux pas imaginer
que je doute de ses sentimens et
des tiens : ainsi ta réserve blesse
d'autant plus l'amitié. J'ignore, ma
chère, quelles lettres t'a écrites le
Marquis, je n'en n'ai vu qu'une ;
quant à moi je t'avouerai, si tu le
veux, que je serais flattée que les
vues qu'elle renfermait pussent avoir
leur exécution. Je le connais, il a
des défauts et des qualités, il serait
facile de tirer parti des uns et des
des autres ; mais je ne vois point
du tout qu'il y ait lieu d'espérer
que nos parens fassent rien pour
nous, et je me défendrai toujours

le plus qu'il me sera possible, de former un attachement qui ne m'attirerait que des peines lorsqu'il s'agirait de me lier à un autre. Il importe peu que l'amour décide de notre établissement ; mais au moins faut-il avoir le cœur libre. Tu crois donc, me dit-elle, qu'il suffit d'être engagée par le sacrement pour ne plus aimer d'autre homme que son mari ? Hélas ! ma chère, je n'en crois rien ; je pense seulement qu'un lien tel que celui-là n'est qu'une obligation de plus de renoncer à ses penchans, si l'on avait le malheur d'en sentir pour quelqu'homme que ce soit. Ah ! mon amie, je l'ai pensé comme toi ; l'honnêteté de nos ames se rencontrera toujours, mais conviens que le préjugé est bien tyrannique ; les hommes l'ont établi, les hommes sont les premiers à le combattre , et les mouvemens de notre cœur semblent les seconder.... Sa mère entra dans ce moment : madame de St.-Sirant me serra la main pour me faire entendre qu'elle était fâchée que notre conversation ne pût pas aller plus loin , et je la quittai une minute après ; elle m'embrassa avec toutes les démonstrations de l'amitié, me promit de m'écrire souvent, et me recommanda l'exactitude. Je rejoignis la Comtesse qui m'attendait pour monter en carrosse. A peine fus-je de retour que madame de St.-Sirant m'écrivit.

~~~~~~~~~~~~~~~~~~~~~~~~~~~~~~~~~~~

LETTRE

DE MADAME DE SAINT-SIRANT.

« Je veux, ma chère amie, te montrer l'exemple de l'exactitude ; crois que j'en suis capable quand l'amitié est la base d'un commerce, et que les agrémens de l'esprit en font les frais. Mais j'avoue que j'ai peine à me prêter à ceux dont la sécheresse du sentiment et la stérilité de l'imagination laissent le champ libre aux lieux communs, et à ces petites nouvelles qui ne signifient rien. Nous sommes l'une et l'autre au-dessus de ces misères ; c'est ce que je contais l'autre jour à M. de Norfalque, l'homme dont je t'ai parlé. Nous nous écrivons très-souvent, lui disais-je, mademoiselle de *** et moi, sans autre objet que celui de nous former réciproquement, en nous communiquant nos idées et nos connaissances. Cela lui parut singulier ; il me demanda si j'avais encore de tes lettres : je lui en ai montré quelques-unes dont il a été fort content. Il est surement en état d'apprécier les choses. Ses frères sont aussi très-aimables. Au reste, ma chère, de pareilles sociétés font tort aux autres. Que de vide on trouve dans les cercles! que d'aridité dans les conversations ! ici elles ne tarissent point. Nous lisons l'histoire ; chacun fait ses réflexions. J'ai quelquefois le

plaisir de voir approuver les miennes. J'apprends la géographie; M. de
Norfalque rend presque intéressante
cette étude la plus dénuée d'agrémens : il a un savoir prodigieux. Je
défierais qu'on pût s'ennuyer avec
lui. Ma chère, il semble que je sois
dans mon centre. Tu m'as toujours
connue beaucoup de goût pour les
sciences, et j'ose dire des dispositions heureuses à cet égard ; mais il
me fallait quelqu'un qui les déve-
loppât. On fait si peu de chemin
quand on étudie seule, qu'à la fin
on se rébute.

» Je voudrais bien, mon aimable
amie, te savoir en aussi bonne
main, tes succès exciteraient mon
émulation ; mais les hommes du
mérite de M. de Norfalque sont
très-rares. Comparaison faite, ton

Marquis n'est qu'une jolie poupée.
Comme il m'avait prêté des livres,
je hasardai de raisonner avec lui.
Mon dieu, qu'il était embarrassé!
il s'en tira par de jolies phrases,
qu'en bon français on peut appeler
du jargon de cour. Quand son sort
ne serait point uni au tien, je t'assure qu'il n'y aurait pas grande perte.
A propos de cela, conviens que ma
mère est venue nous interrompre
bien mal à propos. Nous étions dans
un de ces momens où le cœur se di-
late, où l'esprit se met au-dessus
des sots préjugés. Nous jouissions
de toutes les prérogatives de la saine
raison. Qu'elle élève l'ame, ma
chère! qu'elle lui donne du ressort;
mais que la dévotion la rétrécit!
plusieurs fois j'ai forcé ma mère
d'en convenir. Nous en sommes à

ce point d'intimité; et, entre nous,
je regarde l'habitude comme sa plus
forte entrave : car elle a de l'esprit,
des lumières, et certainement elle
est très-capable de sentir le prix des
choses. Néanmoins, je n'aurais pas
voulu poursuivre devant elle notre
conversation sur ce que les dévots
nomment vertu, et que nous trai-
tons de préjugés. Il faut éviter de
blesser les esprits malades. Jamais
nous ne leur ferions entendre que
pour différer d'opinion, notre conduite n'en sera pas moins régulière;
et que la réputation intacte qu'ils
s'appliquent de conserver, peut-
être sans mérite, et pour l'honneur
de Dieu, nous la conserverons pour
l'amour de nous-mêmes, et par
amour pour notre gloire.

» Je suis ici entourée de cette es-

pèce de gens, belle-mère, belle-
sœur, beau-frère, tout cela est as-
servi aux petitesses qu'entraîne in-
dispensablement l'ignorance. Mais
je secoue peu le joug, ou du moins
je ne plie qu'autant que je le crois
nécessaire pour leur en imposer.
Actuellement que je suis grosse, je
compte bien m'affranchir d'un grand
nombre d'actes de représentation.
Et toi, ma chère, comment gouver-
nes-tu le Comtesse? Comment la
gouverne son M. de Prévalle; car
elle est faite pour être gouvernée.
Je cherchai à causer avec lui la
dernière fois que je te vis. Une
femme de bon sens m'avait assuré
qu'il avait des qualités essentielles;
je me défiais un peu de l'intérêt
qu'elle paraissait y prendre; géné-
ralement il n'est point estimé. Ce-

pendant je lui ai trouvé de l'esprit et des saillies agréables. Sa manière de penser sur ton établissement m'a fait un plaisir extrême, elle s'est trouvée d'accord avec la mienne. Si au lieu de ton Marquis nous pouvions découvrir un homme opulent qui ne t'éloignât pas de moi, je me persuade que tu serais plus heureuse. C'est aujourd'hui la fortune qui règle les distinctions. Sans aisance on reste dans l'obscurité ; le mérite est enseveli. Et puis, ma chère, songe donc combien il serait flatteur pour deux femmes du même rang, qui s'aiment, et dont les goûts se rapprochent assez pour que les mêmes sociétés leur plaisent; songe combien il serait agréable de se trouver réunies. Tout concourrait à notre félicité : il n'y aurait pas jusqu'au ridicule des autres qui ne nous amusât : nous aurions l'adresse de tirer parti de tout. J'ai déjà fait bien des projets là-dessus ; je te les communiquerai quelque jour. Je ne hais pas d'anticiper un peu sur l'avenir ; il me semble qu'il n'y a que les imaginations froides qui peuvent se restreindre au présent, surtout quand le cœur parle. Adieu, ma chère, le mien est à toi, tu n'en peux pas douter. »

RÉPONSE

A MADAME DE SAINT-SIRANT.

« Je te sais bon gré de m'avoir prévenue, ma chère; cette exactitude est pour moi une nouvelle preuve de ton amitié, et elle m'en devient plus précieuse. Mais quel éloge fais-tu de notre commerce? Tu prétends sans doute prendre sur ton compte tous les frais de l'esprit: car pour moi je me borne à ceux du sentiment; et je n'imagine pas que M. de Norfalque ait trouvé autre chose à louer dans les lettres que

tu lui a montrées. Te voilà donc
dans ton centre, au milieu des
sciences et des arts; et tu n'y es
surement pas comme Tantale au
milieu des eaux. D'après les détails
que tu m'as envoyés, je m'attends
à te trouver un prodige lorsque
nous nous reverrons; et par contre-
coup je te paraîtrai très – ignare.
Auras-tu la force de m'aimer encore? Mais j'aurais bien une autre
question à te faire : Ne crains - tu
pas, ma chère, que le scientifique
M. de Norfalque, en développant
ce que tu nommes tes heureuses
dispositions, ne trouve le chemin
de ton cœur? Qu'après t'avoir ins-
piré l'amour du beau, il ne te fasse
perdre l'amour du vrai? Cela me
paraît assez dangereux pour que tu
y donnes quelque attention. J'ima-

gine qu'il ne faut pas toujours en
croire les hommes sur leur bonne
foi; ils ont tant d'intérêt à nous
tromper, qu'il se pourrait très-bien
qu'ils pensassent d'une manière,
tandis qu'ils agiraient d'une autre.
Ne confonds point, ma chère : c'est
pour eux qu'ils ont créé des préjugés; à nous ils ont laissé les principes; et l'intérêt politique semble
se réunir au rafinement de l'art pour
les justifier. Tu vois que je ne traite
pas cette matière sous le point de
vue qu'offre la religion; ce n'est
point mon affaire; d'autres ont pris
ce soin avant moi, ils le continue-
ront après : mais, je t'en prie,
ne dégrade pas la sagesse d'une
bonne conduite en la mettant au
rang des préjugés. Oter le mérite
à la vertu, ce serait nous ravir nos

plus beaux droits. Peux-tu bien croire que ce que tu ferais pour l'honneur de toi-même, par amour de ta gloire, c'est-à-dire par une vanité bien entendue, pût avoir même à tes yeux le prix de la candeur, de l'honnêteté, de la pudeur, de cette pureté, de cette innocence, de cette droiture d'intentions, de ces qualités enfin qui toutes réunies forment un si bel ensemble, qu'il ne peut s'exprimer que par le nom de vertu? N'y aurait-il donc que les dévots de profession qui aimassent le bien, et qui le pratiquassent par amour du bien même? Tout le sexe entier mépriserait-il les attributs qui lui sont propres, pour sacrifier à une vaine idole? Toutes les actions perdraient-elles leur prix par la cause des motifs qui les dirigent?

Non, ma chère, je ne puis me le persuader, ou j'aurais bien peu de confiance dans des principes qui dépendraient plus de la tête que du cœur. C'est où doit porter l'attaque, que doit résider la défense. Quand j'aimerai mes devoirs, quand j'aurai horreur des égaremens où entraînent les passions, si la plus noble de toutes trouve l'issue de mon ame, je pourrai soutenir les combats qu'elle me livra, reconnaître le pouvoir et la force du sentiment; mais je n'aurai point à rougir de ses faiblesses, parce que ma manière de sentir m'en préservera : au lieu que si je n'oppose à l'amour que la vanité, bientôt il saura la mettre à couvert sous le voile spécieux du mystère. Je croirai avoir tout rempli en conservant les dehors : et quand je réussirais, j'aurais encore tout perdu : songe que si nous vivons un instant avec les autres, sans cesse nous rentrons forcément en nous-mêmes ; la paix intérieure est un trésor dont rien ne peut racheter la perte. Du moins, ma chère, voilà le plus grand des préceptes que m'ait donné madame de Rennelle. Mais je voulais te plaisanter, et je moralise ; chacun fait parade de son savoir. Revenons pourtant à ton M. de Norfalque, j'ai peine à croire qu'il ne finisse point par adorer son ouvrage : tu m'en diras des nouvelles si tu es de bonne foi. Les précepteurs de son âge ; les écoliers du tien ont échoué jusqu'à présent ; si tu fais exception, ce sera un beau miracle : je t'avoue qu'à ce prix j'aime

autant me passer des sciences. D'ailleurs quand j'aurais plus d'érudi-
tion, je t'assure que la peur de la
laisser apercevoir me retiendrait.
On rencontre si peu d'esprits cul-
tivés, que pour un admirateur on
se fait cent ennemis. M'occuper de
choses solides, braver l'ennui, pouvoir placer un mot à-peu-près juste
dans toutes les conversations; n'être
déplacée dans aucune société, c'est
où se borne toute mon ambition;
cependant je ne t'applaudis pas
moins de faire mieux, dès que tu
le peux. Quant à d'Olmane il n'a
jamais eu la prétention du savoir;
tu l'avais pris là par son faible. L'é-
pithète de jolie poupée que tu lui donnes, m'a d'autant plus fait rire qu'on
aurait pu très-aisément te soupçon-
ner, à certain bal où je te vis avec

2   19

lui, d'être du nombre des enfans qui s'en amuseraient. Il faut donc quelquefois se défier des pièges que tu tends ? Au reste soit tranquille, je ne te vendrai point. Il y a long-temps que je ne joue plus à la poupée; et je suis convaincue que celle-ci ne m'appartiendra jamais. Tes projets ou plutôt tes désirs d'établissement pour moi, seraient très-flatteurs si le mariage pouvait me flatter. Tu sais ce que je t'ai déjà dit là-dessus, la Comtesse n'est pas fort disposée à se séparer de moi; compte qu'il faudrait des circonstances un peu extraordinaires pour la déterminer à financer. Quand tout le prétendu pouvoir de M. de Prévalle serait sans force sur cet article, cela ne me surprendrait point. Ainsi attends-toi à voir le mérite

que tu supposes à ton amie enseveli pour toujours, s'il est vrai
que les richesses seules le fassent
valoir.

» Adieu, ma chère, je suis consolée de te savoir grosse, j'imagine
qu'un enfant te causera une joie extrême. »

~~~~~~~~~~~~~~~~~~~~~~~~~~~~~~~~~~~~~~~

LETTRE

DE MADAME DE SAINT - SIRANT.

MA chère, ta lettre m'est parvenue à la campagne ; mais je n'ai pas
le moment d'y répondre. On est ici
dans les fêtes et les plaisirs ; nous les
devons à un sot mariage que vient
de faire le Chevalier de St.-Sirant.
Au premier quart-d'heure de libre
je te donnerai de mes nouvelles.
Ma grossesse avance assez heureusement ; je t'aime toujours, voilà
les deux points les plus importans
pour toi. Adieu. »

~~~~~~~~~~~~~~~~~~~~~~~~~~~~

LETTRE

DE MADAME DE SAINT-SIRANT.

————————

« A peine avais-je parcouru votre
lettre, Mademoiselle, lorsque je
vous écrivis mon dernier billet. Je
viens de la lire, et je suis aussi surprise qu'offensée des apostrophes
qu'elle renferme. Il est clair que
toutes vos déclamations générales
s'adressent à moi : les louanges
mêmes que la force de la vérité
vous arrache sont autant de traits
satyriques. Je veux bien croire que
vous ne sentez pas la force des

termes que vous employez. Encore quelques années de plus, et vous apprendrez sans doute à vous respecter vous-même dans la réputation de vos amies. Ce titre ne vous autorisait nullement à me donner des conseils que je ne vous demandais point; l'intérêt même le plus sincère ne peut excuser les doutes que vous formez sur ma conduite; sachez qu'elle n'a jamais souffert de blâme, et que mes principes valent au moins les vôtres. Il n'y a qu'une jalousie qui ait pu vous faire croire que *je tendais des pièges* à votre d'Olmane. (Car ce sont là vos termes). Rassurez-vous, je ne vous l'enlèverai point; j'en fais trop peu de cas. Mais désormais gardez, s'il vous plaît, vos leçons; et dispensez-vous de chercher à briller par un vain

étalage qui insulte ma délicatesse ;
peu s'en faut que je ne vous regarde
comme la femme du monde sur laquelle je dois le moins compter, et
que je ne sois convaincue que vous
auriez dessein de rompre avec moi.
Si cela était ainsi, vous n'avez qu'à
parler. L'amitié n'est point un lien
indissoluble ; et je vous proteste que
je suis à vos ordres ».

~~~~~~~~~~~~~~~~~~~~~~~~~~~~~~~~~~

RÉPONSE

A MADAME DE SAINT-SIRANT.

« QUELQUE différente que tu saches
être de toi-même, ma chère, je n'ai
surement point envie de changer
mon style : tu dis *vous*, je te dirai
tu. Si cela t'offense encore, je n'en
serai fâchée que pour toi. Il est cependant bon de t'avertir que je n'a-
postrophe et n'insulte personne, à
plus forte raison mes amies. Ceci
n'est pas une excuse, ne t'y trompes
point, c'est une certitude que je prie
M. de Norfalque d'admettre ; car

ton attention à ne point le nommer,
lui qui faisait le plus ample sujet de
mon vain étalage, me persuade
que tu mets ta délicatesse en jeu
mal-à-propos : c'était la sienne qu'il
fallait citer. Mes déclamations lui
ont sans doute attiré quelques rigueurs, quelques réserves de plus ;
si cela est ainsi, je lui pardonne de
m'en vouloir; il est payé pour cela.
Mais toi, qui t'excusera de douter
de la droiture des intentions de ton
amie? Ce sera encore l'amitié. Oui,
ma chère, cette amitié qui n'a pas
craint de te parler vrai, saura être
indulgente. Rien ne t'oblige à suivre
mes conseils, je le sais ; rien ne
m'autorise à t'en donner; mais tout
me permet de te dire à toi, plus
qu'à qui que ce soit, ce que je pense
de tes principes, de ceux des hommes.

en général, et de détailler quels sont les miens en particulier; parce que la confiance, la franchise et la liberté sont les premiers droits que s'arroge le sentiment. Quand j'aurais plus d'années, je n'agirais ni ne penserais différemment, moins encore chercherais-je mes expressions et mes termes. La preuve que je sens mieux que toi ceux que j'ai employés, c'est que je ne les désavoue ni ne les regrette. Peut-être serais-je à tes genoux si je m'étais servie de celui de *bassesse*. Une basse jalousie fuit mon ame, et rien de bas n'entra jamais dans un cœur comme le mien. Reçois cette leçon, je te prie, pour M. de Norfalque; qu'il apprenne à connaître ton amie et même l'amitié. Quel blasphème t'induit-il à proférer ! *l'amitié n'est point*

un lien indissoluble me dis-tu; à coup
sûr il est désintéressé sur ce point.
Il te fait protester ensuite *que tu es
à mes ordres si je veux rompre.* On
voit bien que c'est un tiers qui parle;
et l'on pourrait croire que le cœur
de ce tiers est plus soumis à l'imagination qu'à l'ame. L'amitié ne se
donne ni ne se rend ; une fois formée, il ne dépend plus de nous de
la bannir ni d'y renoncer. Il n'est
qu'un seul cas où elle puisse s'a-
néantir : c'est celui où l'estime dis-
paraît, parce que l'estime est la base
de tous les sentimens raisonnés ;
conséquemment tu ne peux pas être
plus à mes ordres que moi aux tiens.
Laissons les définitions. »

Il est temps de revenir à mes affaires particulières. Pendant six mois

nous vécûmes assez tranquillement,
d'Olmane un peu tracassé par ses
frères, moi politiquement avec la
Comtesse et avec M. de Prévalle,
dont l'uniformité de la discorde
n'offre rien de fort intéressant.

D'Olmane reçut ordre de sa tante
d'aller la joindre à Paris, où elle
avait trouvé un parti qui lui con-
venait : cela pressait, on ne lui donnait pas deux jours pour l'arrangement de ses affaires. Il vint nous
en faire part : je fus assez adroite
pour ne pas lui laisser apercevoir
une grande sensibilité ; je lui fis
même compliment d'un air assez
libre. Cela n'est pas encore fait, me
dit-il. J'exigerai tant de conditions
que..... Au surplus vous serez instruite de tout. J'écrirai à M. de
Prévalle. Ce propos jeta une lueur

d'espérance dans mon ame, j'attendis très-impatiemment des nouvelles. Il manda d'abord que la fortune qu'on lui offrait était brillante, la jeune personne très-jolie et fort éprise de lui, mais, ajoutait-il, quelle différence entre les établissemens de ce pays-ci et celui qui fait mon unique ambition! je n'ai pu m'empêcher de le représenter à ma tante.

Peu après il survint des altercacations sur la dot, tout parut rompu; il revint. Sa façon de se conduire vis-à-vis de moi fut toujours la même : un jour que nous faisions une partie de trictrac, la Comtesse sortit, M. de Prévalle nous laissa seuls. D'Olmane profita du moment pour me parler avec confiance sur ses affaires, sur les mauvais procé-

dés de ses frères. Ils me forceront,
me dit-il, de me marier plutôt que
je ne le voudrais ; je suis seul de
mon parti contre trois, ils me rendent réellement malheureux. Je tâchai de l'adoucir, et de le porter
à la paix. Je lui demandai pourquoi
il ne terminait pas à Paris : Est-ce
que la jeune personne ne vous plaît
pas, lui dis-je ? Elle est assez bien,
me répondit-il ; là-dessus vous savez ce que j'ai mandé à M. de Prévalle. Nous n'étions pas fort à nôtre
jeu ; en levant la tête il vit la Comtesse qui se disputait avec M. de
Prévalle : Que vous êtes à plaindre
ici ! continua-t-il, il faut être vous-
même pour y montrer autant de
sérénité, aussi n'y a-t-il qu'une voix
sur votre compte ; tout le monde
vous rend justice et s'intéresse à

votre sort ; on voudrait bien vous
voir établie. Cela est fort difficile,
répliquai-je ; et quoique je ne sois
pas fort contente en effet, et que j'aie
à souffrir de toutes les altercations
que vous voyez, je vous parle sincèrement, je tremble au seul mot
de mariage. Il m'interrompit pour
me faire remarquer la Comtesse
qui revenait avec précipitation. La
voilà bien inquiète de nous savoir
tête-à-tête, je ne présumais pas
qu'elle se défiât de vous ; ce sera
surement l'effet d'un caprice ou d'un
moment de mauvaise humeur. Car
vous êtes la personne du monde
qui donnez le moins de prise sur
vous, et celle je vous jure que j'estime et respecte le plus.

Je conviens qu'il n'y avait pas de
protestations qui pussent me flatter

davantage, et que je les recevais chaque fois avec l'air de la véritable satisfaction. Mais elle fut bientôt troublée par une nouvelle absence de d'Olmane : il vint dès le lendemain nous faire part du mariage d'un de ses parens, auquel sa famille désirait qu'il assistât pour les représenter tous. Ce mariage se célébrait dans le pays où la demoiselle habitait, à plus de quatre-vingts lieues de la Rochelle. Je compris que d'Olmane ne reviendrait pas sitôt, et quelque liberté d'esprit que j'affectasse, il me fut impossible de vaincre tout-à-fait le chagrin que j'en ressentais. La raison s'efforce en vain de commander au cœur : on sait qu'il lui obéit difficilement pour comble d'infortune.

Pendant cet intervalle, une vieille

dame amie de la Comtesse vint la
voir; c'était une des meilleures et des
plus sottes créatures qu'il y eût dans
le monde : elle m'ennuyait souverai-
nement, et je pensai la haïr quand
je sus qu'elle formait le projet de
se mêler de mon mariage. Il y avait
à la vérité de l'injustice de ma part.
Ses intentions étaient bonnes ; et la
manière dont elle s'y prit devait
même lui assurer des droits à ma
reconnaissance : mais, comme l'on
sait, l'impartialité n'est pas le propre de l'amour. J'ai appris, Mademoiselle, me dit-elle avant de prévenir
la Comtesse, que des raisons d'intérêt obligeaient M. le marquis de
d'Olmane de renoncer à l'espoir de
s'unir à vous ; cela m'enhardit à seconder celui d'un de mes parens
qui n'a pas encore l'honneur de

20

vous connaître, qui néanmoins sur votre seule réputation a le plus grand désir de mériter vos bontés : puis-je sans vous déplaire le proposer ? C'est un jeune mousquetaire de vingt-cinq ans, pas tout-à-fait aussi beau que M. d'Olmane, mais sa fortune est liquide, et j'ose vous répondre que vous serez heureuse.

Vous savez, Madame, lui répondis-je, que l'indépendance à laquelle l'usage nous contraint, ne nous permet jamais de prononcer un mot décisif sur cet article ; ainsi quelque flattée que je puisse être de vous appartenir trouvez bon que je ne m'écarte pas de la règle établie. Que je sache seulement, Mademoiselle, que votre affection n'est point engagée, j'agirai avec plus de certitude. Mon affection, Madame, re-

pris-je , doit être soumise aux volontés de la Comtesse , et je ne crois
pas avoir donné lieu d'en juger autrement. Satisfaite par cette réponse
très-peu satisfaisante en elle-même,
elle fit l'ouverture de ses propositions qui ne furent regardées d'abord
que comme très-vagues : pour y
donner plus de poids , elle amena
la mère du jeune homme. J'étais ce
jour-là indisposée et en bonnet de
nuit : je me flattai qu'on me trou-
verait laide et maussade. La bonne
madame de*** me trouva charmante,
et s'en retourna exciter les em-
pressemens de son fils par le portrait
très-infidèle qu'elle lui fit de moi.

La Comtesse, à qui on avait laissé
entendre qu'on se contenterait de
peu, espérait qu'on se réduirait à
rien ; elle me demanda ce que je

pensais de ce parti. Le moyen de fixer ses idées, lui répondis-je, avant d'avoir examiné les choses ? On les présente toujours du beau côté ; il faut voir, rien ne presse ; vous connoissez mon peu de goût pour le mariage, je pourrais même dire mon éloignement. L'envie qu'elle avait d'être débarrassée d'une grande fille, lui faisait saisir avec avidité toutes les occasions qui se présentaient de l'établir à peu de frais. Cependant je remarquai qu'une chose l'embarrassait. Ce M. de *** était trop éloigné, et inconnu de M. de Prévalle : cette réflexion la fit pencher pour d'Olmane. Je la vis prête à décider qu'il n'y avait que lui qui pût me convenir. Vos biens seront rassemblés, me dit-elle ; vous le connaissez, il est aimable, peut-être

vous aimez-vous ? par la suite il aura
du bien, nous ne serions qu'à un
pas l'une de l'autre ; M. de Prévalle
vivrait sûrement avec vous : moi je
resterais seule ici, et beaucoup plus
heureuse par conséquent. Si la tante
de d'Olmane mourait, je vous assure que vous n'en épouseriez pas
d'autre. Sa tante doit vous être obligée, lui dis-je, de la bonne intention que vous montrez pour son
neveu. A ce prix elle ne sera pas
fort tentée de m'unir à son neveu.
Au reste ce sont-là des projets en
l'air. D'Olmane ne peut jamais m'appartenir. Il faudrait des évènemens
très-inattendus pour nous rapprocher ; et ce serait une folie que d'y
penser. En effet plus j'y réfléchissais,
plus j'entrevoyais d'obstacles : l'on
concevra facilement que ces nou-

velles circonstances étaient de nature à ajouter à ma tristesse. M. de Prévalle s'en aperçut le premier. Votre état me touche jusqu'au fond de l'ame, me dit-il un jour avec attendrissement. Je ne sais si je me trompe, mais je me persuade que vous avez besoin de dissipation; j'ai déjà disposé la Comtesse à vous mener chez la baronne de Souligny, où elle pouvait vous laisser; si cela vous agrée, je ne pense pas qu'il soit difficile de l'y déterminer. Je le remerciai beaucoup, et j'acceptai sa proposition comme une ressource dont je devais attendre plus de soulagement que des plaisirs. On voyait grand monde dans cette maison, et de préférence j'aurais choisi la solitude : néanmoins nous partîmes peu de jours après.

Je trouvai la Baronne aimable pour son âge, honnête, polie, et peut-être trop attentive : elle avait conservé ce ton de l'ancienne cour, qu'aujourd'hui on traite de gêne. Je ne m'aviserai pas de décider si l'on a perdu ou gagné au change. Madame de Souligny avait d'ailleurs un genre d'esprit qui la rapprochait de tous les âges; on ne s'apercevait point que le temps qu'elle avait donné à la galanterie l'eût empêchée de prévoir qu'elle ne serait pas toujours galante. Elle joignait au naturel beaucoup d'acquit, parlait de tout avec aisance et facilité; mais elle se ressouvenait d'avoir été jolie, et ne pouvant perdre l'habitude d'être louée; on distinguait, malgré toute son adresse, dans les louanges qu'elle prodiguait aux autres, ce coin d'in-

térêt qui empêche qu'elles ne flattent, et qui refroidit la volonté qu'on
aurait de les rendre. La conduite
décente qu'elle avait substituée à
une plus dissipée, semblait jeter un
voile sur le passé; ses propos ne res-
piraient que la vertu; l'envie qu'elle
montrait de la faire aimer, annon-
çait le regret de ne l'avoir pas pra-
tiquée, sans être cependant une
censure de la conduite des autres;
indulgence peu commune quoique
fondée dans les circonstances où elle
se trouvait : en total, elle possédait
d'excellentes qualités, et il n'y avait
que les méchans qui pussent s'étonner qu'elle eût encore le cœur tendre. La bonté de son ame aurait pu
en rendre raison aux gens moins
satyriques. Ceux-ci plus équitables
ne lui reprochaient que ses défauts

actuels, un peu de caprice, prodigieusement de vivacité, quelquefois de l'humeur, un reste d'affectation : mais avec plus de justice on aurait senti qu'ils étaient la suite inévitable des années qu'elle avait données aux plaisirs. Quand les hommes ont gâté les femmes jusqu'à un certain âge, ils ont perdu le droit de les corriger; et communément les autres femmes ne l'ont point acquis. Pour moi je goûtai beaucoup madame de Souligny; sa conversation et sa société : nous lisions une partie du jour, nous sortions peu, mais nous recevions du monde. Insensiblement le temps s'écoulait; et moins livrée à moi-même, je jouissais le jour d'une tranquillité apparente, mais les nuits étaient consacrées aux soupirs, aux inquiétudes, et aux agitations inséparables de l'amour; j'essayai de les calmer, en profitant de ma liberté pour écrire à madame de Renelle.

LETTRE

A MADAME DE RENELLE.

« IL y un siècle que je n'ai goûté la douceur de m'entretenir avec vous, chère maman ; la crainte que mes lettres ne vous passent pas sans être ouvertes me retient souvent. Actuellement que je suis chez madame de Souligny, j'espère qu'il n'y a aucun risque à courir en vous ouvrant mon cœur. Le désir de mettre vos conseils à profit m'a attiré ici, ma bonne amie : d'Olmane est absent. J'ai cru qu'un peu de dissipa-

LETTRE

DE MADAME DE RÉNELLE

« JE me serais réjouie, ma chère enfant, de n'avoir point de vos nouvelles, si j'avais moins bien connu votre cœur ; parce que j'aurais imaginé que vous n'aviez plus besoin de mes conseils : mais j'étais loin de m'en flatter, vu la tendre et constante sensibilité de mon ame : elle se désavoue par votre raison, j'en suis convaincue ; mais, ma chère petite, la raison n'est qu'un effort de l'esprit. En nous exagérant l'empire qu'elle devait avoir sur nous,

tion m'aiderait à l'oublier : quelques
proposions de mariage faites dernièrement pour moi à la Comtesse,
achèvent de me convaincre combien
je serais malheureuse si jamais elles
avaient lieu ; mais par un contraste
singulier, plus je sens la nécessité
de renoncer à l'espoir flatteur d'être
unie à d'Olmane, plus il semble,
chère maman, que mon penchant
pour lui augmente. Mon dieu, quel
est donc le pouvoir de l'amour ?
De ma vie je ne me suis trouvée
dans une position si étrange ; ce que
j'éprouve est indéfinissable. Il est
tel moment où une douleur tendre
m'absorbe, tel autre où je me sur-
prends transportée dans un avenir,
dont la perspective ne me séduit
que pour me replonger aussitôt dans
un dédale de soucis et d'inquiétudes.

Je passe ainsi successivement d'une erreur à l'autre. Quel état, ma bonne amie! en vérité je le conçois à peine; il me semble si fort au-dessus des circonstances, que s'il n'était point absurde d'admettre le pouvoir du pressentiment, j'y croirais de bonne foi. Quand tous les malheurs possibles seraient prêts à m'accabler, mes perplexités ne pourraient être plus grandes. Chère maman, daignez compâtir à ma faiblesse; je vous jure que je la déplore. »

« *P. S.* Si j'avais l'esprit plus libre, je vous parlerais de madame de St.-Sirant, ma bonne amie; nous avons eu une petite altercation ensemble, je ne sais si elle aura des suites. »

nous parvenons à lui en laisser acquérir. Malgré tout, la première
sensation appartient de droit à la
nature ; le philosophe qui nierait
cette triste vérité, ne se parerait que
d'un vain système, et il diminue-
rait le prix de la vertu, puisque le
combat fait sa gloire.

» Cessez donc aimable enfant, de
vous affliger d'une faiblesse commune à tous : rien ne vous avait
promis que vous en seriez exempte ;
mais tout vous répond qu'avec un
peu d'effort il sera en votre pouvoir
de la vaincre.

» Qu'y a-t-il de si étrange dans votre position actuelle ? N'avez-vous pas
dû vous attendre que tôt ou tard on
penserait à vous établir ? Ma chère
petite, ce qui cause tous vos maux
est l'illusion dont votre cœur se re-

paît sans cesse ; songez que quelque flatteuse qu'elle vous paraisse,
ce n'est jamais qu'un poison lent,
préparé avec art par les passions :
ainsi, évitez de vous y livrer, car il
en coûte souvent plus à perdre un
bien-être espéré qu'un bien-être
senti. Vous voyez que l'intérêt est
le nœud gordien de tous les mariages
d'aujourd'hui. C'est un grand tort
sans doute, surtout pour les amans ;
cependant ne croyez pas qu'il faille
trop généraliser ce principe. Quoique la fortune ne fasse pas l'essence
du bonheur, elle n'est ni à négliger
ni à dédaigner. Le sage ne méprise
que ce qui est au-delà de ses besoins,
et votre condition vous interdit certain point de désintéressement, parce
qu'elle entraîne la nécessité de soutenir votre rang avec dignité.

» Quant à vos idées de pressentiment, ne donnez pas, je vous prie,
ma chère petite, dans ces puérilités
des sots. Le mot de pressentiment
est absolument vide de sens ; il n'a
rien de réel que les inquiétudes
chimériques qu'il ajoute aux douleurs senties par une imagination
prévenue. Sortez de ces sombres
rêveries, fuyez-vous vous-même,
vous n'avez point d'ennemi plus
dangereux pour votre repos. Quand
une fois les passions se sont glissées
dans le cœur, c'est dans la solitude
qu'elles jouent leur plus grand rôle ;
c'est là qu'elles s'emparent de tous
nos sens, qu'elles nous rendent
sourds à la voix de la raison, et que
leur pernicieux langage séduit l'esprit pour mieux corrompre l'ame.
L'amour surtout craint ce qui peut

le distraire, parce qu'il sait se suffire à lui-même; mais je me flatte que l'expérience que vous en avez déjà faite, vous préservera de succomber à ces nouveaux écueils.

» Votre jeune amie est venue ici, où je vous avais mandé qu'on l'attendait; il ne m'a point paru qu'elle fût en froid avec vous, j'ai seulement remarqué qu'elle motivait tous ses termes devant moi comme si elle eût craint mes observations; et j'ai su qu'il lui était échappé des traits de satire qui dénotent un peu de jalousie. Si jamais elle s'avoue que vous l'emportez sur elle à quelques égards, je doute qu'elle ne vous en punisse pas. Mon aimable enfant, cette femme ne s'est liée avec vous que par vanité. Les mêmes vues pourront vous l'attacher extérieurement; mais plus je la suis, moins je la crois capable de soutenir un titre qu'elle n'affecte de prendre en public, que pour nuire plus surement dans le particulier.

» Adieu, ma chère petite, je ne négligerai point de m'instruire de la situation de votre cœur. Je sens combien vous avez besoin de l'épancher dans le sein d'une amie; et vous n'en aurez de votre vie une plus sincère que votre maman. »

Pendant quelques jours nous restâmes seules madame de Souligny et moi. Elle profita de cette circonstance pour pénétrer les replis de mon cœur. Oserai-je vous demander, me dit-elle un jour, si vous êtes assez heureuse pour avoir conservé libre votre cœur jusqu'à pré-

sent? J'hésitais à lui répondre ; adroitement elle feignit de n'y pas faire
attention, et continua. Je n'ai assurément nul droit d'exiger de vous
cette franchise ; néanmoins quelques
raisons particulières me la font désirer, je pourrais ajouter même
qu'elles m'imposent l'obligation de
vous demander un peu de bonne
foi sur l'état actuel de votre ame. Il
faut, lui répondis-je, que vous comp-
tiez beaucoup en effet sur ma bonne
foi, pour attendre de ma part un
aveu qu'aucune fille n'est dans le
cas de faire sans imprudence. Au
reste le hasard vous servira mieux
encore que ma sincérité, et je ne
croirai pas vous en imposer en vous
disant que je suis libre ; quoiqu'il
me soit arrivé d'accorder un goût
de préférence à quelqu'un qui en

avait pour moi. Votre réponse est
très-sage, reprit-elle ; on trouve
dans toutes les occasions de nouveaux sujets de vous admirer. Con-
servez bien, ma chère petite amie,
cet empire sur vous-même, qui
vous arrête précisément au degré
du goût de préférence. Pour peu
que vous le passiez, il deviendrait
sentiment ; du sentiment à la passion il n'y a qu'un pas à faire ; et
le peu de plaisir réel qui en résulte
n'est point comparable au bonheur
d'en avoir évité les soins, les peines,
les inquiétudes et les remords. Pardonnez cette petite morale à mon
expérience ; je vous laisse la maîtresse de penser qu'elle me l'a dictée un peu tard. Mon but n'est jamais de me donner pour exemple ;
et dans ce moment-ci je n'écoute

d'autre intérêt que celui qu'il est impossible de ne pas prendre à votre tranquillité. Malgré tout le fonds que je fais sur votre sagesse, je crois devoir vous prévenir, puisque vous m'assurez être libre, que j'attends ici un jeune homme très-aimable, qui est bien la plus séduisante créature que je connaisse, et qui ne cherche qu'à abuser de ses avantages. Faite pour plaire comme vous l'êtes, il ne négligera surement aucuns moyens pour parvenir à vous captiver. Défiez-vous en, je vous en supplie, car je ne me pardonnerais pas de vous avoir exposée à devenir sensible pour un aussi grand scélérat vis-à-vis des femmes; les dangers prévus sont à moitié évités : actuellement je me repose absolument sur votre prudence.

Je ne sais si une autre que moi
se serait offensée de l'avis de madame de Souligny; pour moi, quoique persuadée de son inutilité, je
rendis justice à l'intention et l'en
estimai davantage. Je ne suis pas du
nombre de celles qui prétendent
que les écarts passés ôtent tout droit
de représentations. L'expérience
semblerait au contraire devoir y
donner plus de poids. D'ailleurs
quelque tardif que puisse être le
retour à la vertu, n'est-il pas toujours un acte estimable ?

Madame de Souligny reçut, ce
même soir, une lettre d'excuse de
ce très-aimable homme qui ne vint
point. J'avoue que j'en ressentis
quelque déplaisir : l'amour propre
tient son coin dans les ames les plus
simples. J'aurais été fort aise de

prouver à la Baronne qu'on pouvait
être séduisant sans me séduire. Il
est vrai que je n'y aurais pas eu
beaucoup de mérite : car un cœur
aussi préoccupé qu'était le mien est
peu sensible aux hommages. Mais
je me plaignais de mon sort pour
lors, faute d'en avoir trouvé un plus
rigoureux; j'ignorais qu'il n'est point
d'infortuné qui ne puisse encore regarder au-dessous de lui ; qu'en
portant ses vues sur l'avenir, il est
possible de trouver des motifs de
consolation sur le présent. J'étais
dans cette position, et je touchais
au moment de la crise ; deux confidences opposées m'accablèrent en
un seul jour. La Comtesse arriva pré-
cipitamment, et m'apprit que d'Olmane était de retour, et qu'il avait
été la voir fréquemment, qu'enfin

il s'était expliqué sur ses vues, qu'il
ne demandait que ce qu'il lui fallait pour liquider ses dettes ; elle
y joignit le récit des choses obli-
geantes que les circonstances avaient
pu fournir à d'Olmane sur mon
compte. M. de Prévalle de son côté
me dit en secret que la Comtesse
ne venait me chercher que pour recevoir la visite de M. de *** dont il
était question avant mon voyage,
qu'on venait d'écrire dans son pays
pour s'informer plus particulière-
ment de l'état du jeune homme, de
sa fortune et de ses mœurs. J'é-
prouvai, je l'avoue, deux sensations
si différentes, qu'elles renversèrent
totalement l'ordre de mes idées. Je
tombai dans le plus grand abatte-
ment ; heureusement nous étions
prêtes à partir. Je fus m'enfermer

quelques minutes pour rassembler tous mes esprits avant de monter en carrosse. Il avait été décidé qu'on ne permettrait à M. de *** de venir qu'après avoir reçu réponse aux informations. Chaque lettre qui arrivait me faisait frissonner : je ne voyais plus d'Olmane avec ce plaisir pur qui n'est accordé qu'à l'innocence : il me paraissait que c'était le tromper que de travailler sans qu'il le sût à disposer de moi en faveur d'un autre. Quelles chimériques idées l'amour ne suggère-t-il pas à qui veut raffiner sur le sentiment ! serait-ce délicatesse ou simplement l'effet d'une imagination vive ?

La Comtesse me cachait très-soigneusement tout ce qui regardait mon établissement; mais M. de Prévalle, sûr de ma discrétion, me fit part des réponses qu'elle avait reçues à ce sujet. M. de *** avait les mœurs de son âge. Sa fortune était embringuée, son éducation avait été négligée; en tout on ne disait aucun bien de sa personne. Que de bonheur pour un jour! j'en étais au comble de la joie; d'Olmane arriva chez la Comtesse pour en être témoin. Je crois que dans mon ravissement j'aurais volontiers consenti à ne lui jamais appartenir, pourvu qu'on m'eût assurée que je ne serais pas forcée d'appartenir à un autre. Il s'en fallait bien que je considérasse mon établissement sous le point de vue où toutes les jeunes personnes envisagent le leur. Celles qui savent s'étourdir sur les dangers presqu'inévitables des liens que forme l'intérêt et la convenance, sont à mon gré, si ce n'est les plus prudentes, au moins les plus heureuses.

On n'avait point encore renvoyé M. de ***; il pressait vivement par ses lettres, sa vieille parente le vantait beaucoup; et malgré le portrait peu avantageux qu'on avait fait de lui, la Comtesse était déterminée à le laisser se présenter, lorsque M. de Crémy - s'annonça comme concurrent. Il n'y avait point d'objection à faire contre ses mœurs, contre son nom ni sa fortune; mais on craignait que la réputation qu'il avait d'être un homme extraordinaire, misanthrope et peu fait aux usages du monde, ne lui nuisît dans mon esprit. M. de Prévalle conseilla à la Comtesse de ménager ma délicatesse, d'agir avec confiance, et de me consulter sur la réponse qu'elle avait à faire. J'éprouvai une révolution si subite que j'eus besoin d'un quart d'heure pour me remettre. Mon premier mouvement fut de demander en grâce qu'il n'en fût plus question; puis il me sembla qu'on aurait à me reprocher de m'être refusée à un acte de complaisance qui ne m'engageait à rien. Je cédai et laissai la Comtesse maîtresse de recevoir les premières visites de M. de Crémy; mais je me réservai le droit de prononcer sur son sort, et je fus écrire à mon amie pour lui faire part du mien.

LETTRE

A MADAME DE RENELLE.

« Hé bien, ma bonne amie ! ce pressentiment chimérique, ces notions puériles d'un malheur prochain, les voilà pourtant réalisés ! D'Olmanc reste libre, et je suis menacée de ne plus l'être. Un M. de Crémy, que vous connaissez de réputation, se présente : il est riche, il demande peu ; et la Comtesse se réjouit déjà par la perspective d'une aisance qu'elle espère partager. Quel coup pour le cœur de votre enfant ! Qui lui donnera la force et le cou-

rage nécessaires? De quel front oserai-je me présenter à l'autel? Ah!
chère maman, de ma vie je ne le
pourrai : l'idée seule d'un faux serment me saisit d'horreur; et peut-
être n'ai-je jamais si bien senti combien le cœur démentirait ma bouche.
Pendant long-temps, vous le savez,
je me suis flattée de perdre sans un
vif regret l'espoir que je nourrissais
involontairement : je ne me croyais
agitée que par la crainte d'aimer;
mais aujourd'hui l'amour se montre
à découvert. Le malheur dessille les
yeux, ma bonne amie : hélas! qui
m'aurait dit que ma félicité fût aussi
dépendante du sort d'Olmane! je
ne l'aurais pu croire. Son mariage
même ne m'en aurait pu convaincre.
Il fallait des propositions qui me
regardassent personnellement pour

m'éclairer sur cette vérité. Qu'il appartienne à une autre..... cela serait dur, je l'avoue ; mais moi, ma bonne amie, je passerais dans les bras..... Hé dans quels bras ? Dans ceux de M. de Crémy que je ne connais point, dont je n'ai entendu dire que peu de bien ; j'irais le tromper parce qu'il peut faire ma fortune, j'achèterais une frivole ressource au prix de mes remords et de son bonheur ! jamais, non jamais je ne me montrerai si indigne d'être votre élève. Cependant l'orage gronde sur ma tête : on attend ici de jour en jour M. de Crémy. Je vois que la Comtesse regarde l'affaire comme conclue, et que...... Hélas ! ma plume se refuse à vous en écrire davantage...... Pourquoi les richesses éblouissent-elles si fort les hommes en général, tandis qu'elles ont si peu d'éclat à mes yeux? Vous me recommandez, ma bonne amie; de ne pas les dédaigner; je vous assure que je ne méprise point ceux qui en sont possesseurs, mais aussi je ne les leur envie pas. Qu'on me laisse ma liberté, voilà mon trésor, le seul que j'estime, l'unique que je me sente capable de chérir. Après vous, chère maman, c'est tout mon bien. Dois-je l'échanger pour un autre dans la position où je me trouve? C'est une question qu'il n'appartient qu'à vous de résourdre; j'attendrai impatiemment votre avis. Au moins, ma bonne, ma tendre amie, ne m'accablez pas, ayez compassion de ma faiblesse, épargnez un cœur sensible presque réduit au désespoir. »

2   23

« *P. S.* S'il est vrai que j'aie pu inspirer de la jalousie à madame de St.-Sirant, cet évènement-ci doit la guérir d'une petitesse que je croyais au-dessous d'elle. En tout cas, elle ne sait guère ce qu'elle envie : je n'interromprai point son silence pour le lui apprendre. »

RÉPONSE

DE MADAME DE RENELLE.

« Les amans sont bien crédules,
il faut en convenir, ma chère petite.
Quoi! parce que votre ame n'étant
pas dans une assiette tranquille, il
s'est présenté pour vous un parti sortable, vous croyez au pressentiment!
puis, sur de simples propositions,
vous envisagez tout de suite le moment du sacrifice! En vérité l'amour
égare bien l'imagination ; calmez
un peu l'ardeur de la vôtre, ma
chère enfant ; voici l'instant où vous
avez besoin du plus grand sang-

froid. Il s'agit du bonheur ou du
malheur de votre vie ; cet établissement peut en décider. Mais le conseil que vous me demandez est bien
délicat. C'est votre cœur, ce sont
vos sentimens, votre délicatesse qu'il
faut consulter ; il ne m'est pas possible de vous prescrire d'autres règles.
Néanmoins je hasarderai de vous
dire, non pas ce qu'il convient que
vous fassiez, mais ce que je pense
sur les circonstances où vous vous
trouvez ; ce sera à vous de réfléchir sur les principes généraux, et
de les appliquer à votre situation
particulière.

» Par le terme de faux serment
vous entendez sans doute, qu'attachée comme vous l'êtes à d'Olmane,
vous ne pourriez jamais vous engager de bonne foi avec un autre?

Vous partez de là pour craindre
vos remords et le malheur d'un
honnête homme. Ces maximes sont
vraies, je les approuve; j'ai plaisir
à les voir gravées dans votre ame;
il serait odieux qu'un intérêt de convenance balançât l'amour de la droiture, de la sincérité et de l'honneur.
Mais, ma chère petite, tout ce que
nous croyons sentir n'est pas toujours un penchant invincible. Les
passions se servent d'un miroir à
facettes pour nous présenter les
objets, afin de multiplier à nos yeux
les obstacles. Brisez cette glace trom-
peuse qu'inventa l'artifice; qu'elle
fasse place au flambeau de la raison; celle-ci simplifie tout, elle aide
à jeter un regard pénétrant dans
l'avenir, et nous fait voir les choses
présentes telles qu'elles sont.

» Il se pourrait très-bien qu'avec le temps vous parvinssiez à abandonner le fol espoir d'épouser d'Olmanc; bien des évènemens même peuvent vous y forcer. Alors qu'y aurait-il de si affreux de passer dans les bras d'un autre? L'amour n'est pas le lien le plus solide du mariage. Ne vous figurez point qu'aimer et être aimée soit la première base d'un engagement solennel : l'estime fondée sur le mérite, voilà le point essentiel pour assurer le bonheur des deux époux. Si les rapports de goûts et de caractères s'y trouvaient réunis, ce serait le comble de la félicité : mais il ne faut point exiger du destin plus qu'il ne vous a promis. Remettez-vous en sur cet article à la Providence, et gardez-vous d'aucunes fausses préventions

sur M. de Crémy. La renommée est
quelque chose, l'évènement est beaucoup plus. Tâchez de gagner, d'obtenir assez de délai pour le connaître, et l'apprécier autant qu'il en
sera susceptible. Ne le jugez pas
d'abord sur l'extérieur ; mettez-le
seulement à portée de dévoiler sa
manière de penser. On en impose
souvent par des actions réfléchies,
préparées et amenées ; mais la dé-
finition d'un principe, la décision sur
le juste ou l'injuste, la facilité avec
laquelle on blâme, on approuve le
bien et le mal, tiennent presque toujours du fonds du caractère. Les hommes sont tous vrais lorsqu'ils pensent
le moins à l'être ; ce qui m'induit à
croire qu'il n'y a que la contagion
générale qui les rende faux par nécessité, ensuite par habitude.

» Après de mûres observations,
si M. de Crémy vous paraît un ga-
lant homme, je ne vous presserai
point encore d'accepter sa main : je
vous plaindrai seulement, ma chère
petite, si vous la refusez ; parce
qu'un parti aussi sortable, se retrouve difficilement. Aujourd'hui les
richesses n'ont nul prix à vos yeux,
je n'en suis pas surprise, l'amour est
riche de son propre fonds ; il croit
pouvoir se suffire constamment.
Tout ce qui n'est point sentiment
lui semble méprisable ; mais l'osten-
tation, la vanité viennent à leur tour
dominer l'esprit. L'amour propre
souffre des besoins auxquels ne répond point la fortune ; et l'on finit
par regretter ce qu'on s'était persuadé qu'on mépriserait toujours.

» Quant à votre liberté, ce tré-

sor que vous chérissez tant, il est
bien précieux : mais le possédez-
vous ? pouvez-vous vous regarder
libre tant que votre cœur est affecté ?
pouvez-vous vous flatter de secouer
le joug de la dépendance, en évitant
d'épouser M. de Crémy ? Non, ma
chère enfant, ne l'espérez pas ; songez que votre état est on ne peut pas
moins stable. D'un instant à l'autre
les bonnes manières de la Comtesse
peuvent changer. Que deviendriez-
vous alors ? Vous attendez tout
d'elle ; vous n'auriez aucune ressource ; il ne vous resterait qu'à
soupirer, gémir et vous taire. D'ailleurs, croyez que pour une fille de
votre rang, la liberté n'est qu'un
fantôme ; vous courrez après lui,
l'ombre vous échappera sans cesse,
et vous serez toute votre vie esclave,

parce que vous êtes née pour l'être
de la décence, des préjugés et de
la malignité du public. Vous ne savez guère ce que c'est qu'une réputa-
tation à conserver : la femme la
plus prudente n'y réussit pas sans
peine ; mais peut-être ne l'appren-
drez-vous que trop tôt : car voici un
événement qui va fixer tous les regards sur votre conduite, réveiller
la jalousie des unes, exciter l'envie
des autres : ne vous en affligez pas,
ma chère enfant, c'est un tribut
qu'il faut payer tôt ou tard : quelquefois pendant tout le cours de sa
vie. Quand je repasse sur ces vicis-
situdes, je dis avec le sage : qu'on
est heureux d'être innocent et ignoré !
et je suis bien payée pour le penser.
Adieu, ma chère petite ; puisse cette
nouvelle crise se terminer sans

beaucoup d'alarmes; comptez que chaque effort de raison, sera autant de pas que vous ferez vers le bonheur. »

J'étais encore plongée dans les sombres rêveries où m'avait jetée cette lettre, lorsque M. de Crémy arriva avec M. de Niord son ami, qui s'était chargé de le présenter. On donna beaucoup de soins à ma parure; l'on me recommanda d'être gaie, polie, attentive : cette précaution fait assez comprendre que ma tristesse me dominait déjà. Au premier abord M. de Crémy me sembla peu propre à la dissiper. Je ne vis en lui qu'un homme simple, froid à l'excès, si peu empressé de plaire, que je m'imaginai qu'apparemment il se croyait sûr du succès; et je m'en offensai. Quoi! ce serait là, me dis-je, l'homme auquel j'appartiendrais? l'homme qu'il me faudrait préférer à l'aimable d'Olmane?..... Il me prit alors un tremblement si violent que M. de Prévalle fit signe à la Comtesse de me faire sortir; il vint me joindre un instant après. Eh bien! me dit-il, comment vous trouvez-vous? Que pensez-vous de ceci? je ne me trouve pas bien, lui dis-je, et je pense qu'en deux mots on peut définir ce triste personnage. C'est un de ces êtres froids qui ne montrent ni vertus ni vices, l'espèce d'homme que j'abhorre le plus. Vous jugez bien précipitemment, me dit-il; au surplus vous vous alarmez mal-à-propos. Tant que j'aurai quelque pouvoir ici, vous resterez maîtresse de vos actions, comptez que je sacrifierais plutôt jusqu'à la dernière goutte de mon sang, que de souffrir qu'on vous contraignît le moins du monde sur votre établissement; soyez donc tranquille, et tâchez de prendre un peu plus sur vous. Il rentra; je le suivis peu après, toujours plus tremblante qu'il ne m'est possible de le décrire. En vain m'efforçai-je de vouloir parler. J'ouvrais les lèvres, et n'avais pas la force d'articuler: on se mit à table, il ne fut pas possible de manger; je vis souper les autres, et je bénis cent fois le moment où l'on se sépara pour aller se coucher; mais l'extrême contrainte que je m'étais imposée ne me permis pas de recouvrer le calme sans qu'il se fît en moi un bouleversement total. Je me trouvai très-mal, je restai sans connaissance pendant

près d'une demi-heure. En revenant
de là , mon premier regret , et le
plus sincère , fût d'en être revenue :
le second fut d'avoir eu ma femme
de chambre pour témoin. Je lui
donnai d'assez mauvaises raisons de
cet accident , et je lui défendis d'en
parler. Recommander le secret à ces
gens-là, c'est hâter leur indiscrétion.
A peine la Comtesse fut éveillée ,
qu'elle l'instruisit de ce qui m'était
arrivé. Elle se leva aussitôt et m'a-
mena M. de Prévalle pour me rassurer. Ils me protestèrent l'un et
l'autre qu'ils ne se mêleraient que
des arrangemens d'intérêts ; quant
aux paroles , me dirent-ils , vous les
donnerez et les retirerez à votre gré.
Rien ne vous engage jusqu'ici , et
vous serez toujours libre d'accepter
ou de refuser.

J'avais de l'humeur, je les reçus passablement mal. Peut-être croyez-vous, leur dis-je, m'en imposer par une apparence de liberté que vous me laissez ; mais les ames comme la mienne s'élèvent au-dessus du malheur au risque de tout ce qui peut arriver. Il n'est rien que je ne préfère à l'idée d'être menée à l'autel comme une victime. Si j'y vais jamais, l'effort de ma raison m'y conduira. En cas d'évènement, je ne veux pouvoir en imputer la faute à personne, mais je doute......
Au reste je me donnerai le temps d'examiner.

Je ne parus que pour me mettre à table. L'après-dîner l'introducteur de M. de Crémy qui voulait s'en aller, me dit avant de partir que M. de Crémy resterait si je le trou-

vais bon, et me demanda à quoi je
me décidais ; à rien, lui répondis-je.
Cela est bref, Mademoiselle ; autant
que vous êtes prompt, Monsieur :
à mon âge on prend la peine de
réfléchir ; bon, réfléchir, reprit-il,
à quoi cela mene-t-il, à finir par où
l'on aurait mieux fait de commencer. Nos manières de vivre et d'agir,
Monsieur, me paraissent trop différentes pour que nous puissions être
jamais d'accord, ainsi finissons cette
discussion. Mais, Mademoiselle,
M. de Crémy est pressé de conclure,
il doit vous demander aujourd'hui
si vous approuvez ses vues... il en-
trait dans ce moment ; le mot était
donné. M. de Crémy, sans faire attention à mon embarras, me dit
d'un ton libre et aisé comme s'il
m'eût connu depuis dix ans :

sans doute, Mademoiselle, que madame la Comtesse vous a instruite de ce qui m'amène ici? Oui, Monsieur. Puis-je espérer, Mademoiselle, que vous me ferez l'honneur.... Choquée de ce mot d'espérer et de cette précipitation, je l'interrompis......

Avant d'espérer, Monsieur, il faut se connaître. Mademoiselle, la connaissance se commence par les convenances, me répondit-il, et s'achève avec le temps : mais quelquefois trop tard, lui répliquai-je. Communément on ne la diffère que par le réciproque intérêt qu'on a de se tromper; pour moi, Monsieur, qui ne veux ni tromper ni me laisser tromper, j'exige du délai. D'ailleurs vous avez une famille nombreuse, une sœur avec laquelle je sais que

24

vous n'êtes pas bien, et je suis bien aise de savoir si elle et vos autres parens ne désapprouveront point vos vues; je ne voudrais pour rien au monde entrer dans une famille désunie. Mademoiselle, vous seriez faite pour y ramener la paix; au surplus, à mon âge on est maître de ses actions, et j'ai des raisons essentielles pour désirer que mon mariage ne traîne point en longueur. Indépendamment de tout, reprisje, il faut du temps, Monsieur, c'est ma décision.

Tout le monde vint nous joindre, l'ami de M. de Crémy, avant de se retirer, me prit en particulier par ordre de la Comtesse, pour savoir le résultat de notre conversation, et si j'en avais été contente? Comme on peut l'être, lui répondis-je; je

vous entends, me dit-il ; mais vous
avez de l'esprit et du talent, vous
refondrez tout cela, il a du savoir,
beaucoup de douceur, un très-grand
fonds de probité, une fortune consi-
dérable dont vous disposerez à votre
gré. Tous les moyens d'être heureuse
s'offrent à vous ; dans la disposition
où vous êtes, on vous blâmerait de
n'en savoir pas profiter : j'y pen-
serai, ce fut toute ma réponse.

J'étais trop vivement affectée pour
que la raison pût user de ses droits ;
je ne cherchai pas même à l'appeler
au secours de ma douleur : entièrement absorbée, je ne voyais ni n'en-
tendais plus rien ; je n'étais susceptible que de réflexions tristes ; aux
yeux de tout autre que M. de Crémy,
j'aurais dû paraître la plus insupportable créature qu'il y eût, et certai-

nement on n'aurait pas dû être
tenté de m'obtenir. Mais toujours
du même sang froid, il resta quelques jours sans paraître s'apercevoir qu'il déplaisait ; et en partant
il me demanda la permission de
m'amener M. de Plenneton, son
beau-frère, qu'il voyait quelquefois,
quoiqu'il fût brouillé avec sa sœur.

Je me sentis allégée d'un pesant
fardeau à l'instant où il nous quitta ;
mais en recouvrant plus de liberté
d'esprit, je ne me trouvai qu'un peu
plus à plaindre. Je me livrai sans réserve à toute l'amertume de mes
peines ; on en voyait des traces sensibles sur toute ma personne ; je
maigrissais et je changeais à vue
d'œil. M. de Prévalle n'oubliait rien
pour adoucir mon sort ; il se doutait
bien que de fortes dispositions à

l'amour ajoutaient encore à ma douleur : néanmoins il respecta mon secret. Ce ménagement caractérise
l'ami prudent et délicat.

On sut bientôt dans toute la pro-
vince que M. de Crémy était sur les
rangs; d'Olmanc devait l'avoir appris comme les autres par la voix
publique; cependant je ne le voyais
pas; il y avait plus de quinze jours
que je n'avais oui parler de lui.
Quel procédé! comprenez-vous l'insensibilité de d'Olmanc, me dit
M. de Prévalle? Pas trop, lui répondis-je, au reste il faut prendre
les hommes pour ce qu'ils sont; il
est du nombre de ceux sur lesquels
il faut peu compter. Ce ton chagrin
lui fit imaginer que je pouvais trouver une sorte de consolation dans
le plaisir de le revoir; il lui écrivit

pour l'engager à venir dîner chez
la Comtesse. Je ne fus pas peu embarrassée de paraître devant lui,
j'étais blessée de sa négligence, j'é-
tais accablée de tristesse, j'aurais
voulu lui dérober l'un et l'autre ;
c'était trop embrasser à la fois, je
ne réussis qu'à moité, encore fut-ce
à l'aide de ma fierté. L'art en fait chez
les femmes le soutien de la vertu,
et la sauve-garde de leur réputation. Qu'est devenue, hélas ! cette
primitive innocence qui ne puisait
sa source que dans le cœur ? Mais
dans ce temps, il n'y avait point un
art de se conduire, encore moins un
art d'aimer : aujourd'hui l'art gâte
tout, et les mœurs du siècle dévoi-
lent les vices des particuliers ; je re-
viens à mon sujet.

Ne pouvant dissiper mon abat-

tement, je composai avec moi-même ;
j'évitai tout air froid qui pût tendre
aux reproches ; ils m'ont toujours
paru aussi humilians pour celui qui
les fait, que flatteurs pour celui qui
les reçoit ; et j'aurais été désespérée
de flatter d'Olmane. J'usai de la
seule vengeance permise , je lui
parlai comme s'il n'y avait eu que
deux jours que je l'eusse vu, j'aperçus
qu'il s'attendait à toute autre chose.
Il y a un siècle que je n'ai eu l'honneur de vous faire ma cour , me
dit-il à demi-voix , j'ai su que vous
aviez des affaires, je n'ai pas osé les
interrompre..... Je rougis jusqu'au
blanc des yeux , et je ne me trouvai pas capable de lui répondre.
Quel embarras que celui d'une
femme qui voudrait se taire , mais
dont le silence parle malgré elle !

j'aurais voulu, dans ce moment, être
à cent lieues de d'Olmane : il nous
avait amené un de ses amis, nous
fîmes une partie où je déjouai. Ma
tête n'y était plus, et je faillis à
m'évanouir un instant après, au
bruit qui se fit dans la cour. On
attendait de jour en jour M. de
Crémy avec son beau-frère ; je ne
redoutais rien tant que d'avoir d'Olmane pour spectateur de cette en-
trevue. Voilà une visite qui vous
arrive, me dit-il malicieusement ; je
rougis, puis je pâlis si fort qu'on
fut obligé de quitter la partie, et
je ne pus la reprendre qu'après
m'être assurée que c'était une fausse
terreur. J'étais pour lors d'une santé
si misérable que ces accidens ne ti-
raient point à conséquence, car je
ne me serais point consolée qu'on

eût pu en pénétrer la véritable cause.
Après le jeu la conversation devint
générale ; je n'y prenais aucune part.
D'Olmane s'approcha, et nonobstant
toutes mes résolutions, en lia une
avec moi beaucoup plus particulière que je n'aurais voulu. Vous
souffrez ; me dit-il tout bas, et je
suis bien trompé si ce n'est autant
de l'ame que du corps. Vous savez,
lui répondis-je, qu'assez ordinairement j'ai l'esprit tranquille, je ne
suis pas de celles qui cherchent à
lire dans l'avenir tandis que le présent leur échappe ; non reprit-il,
mais les circonstances dans les-
quelles vous vous trouvez, mettent
le présent et l'avenir dans un point
de vue si égal, que je ne doute pas
qu'avec l'esprit de réflexion qui
vous est propre vous ne soyez très-

affectée, et je vous jure que vous
ne l'êtes pas seule. Tant pis, car le
malheur des autres n'adoucit pas les
miens.

Quel heureux mortel! Non, Mademoiselle, je n'y puis penser : depuis que je suis menacé de vous perdre, je suis dévoré; il m'a été impossible de trouver la force de me
présenter devant vous. Sans M. de
Prévalle je crois que je serais resté
enseveli dans ma retraite. Quel heureux mortel! dites-moi donc, sera-
t-il heureux? Je doute fort, lui répondis-je, que son bonheur dépende
du succès, en tout cas il serait fort
incertain et encore éloigné : éloigné!
eh pourquoi feindre? On prétend que
tout est conclu : accablez-moi ; mais
je suis discret de toutes les [ma-
nières possibles, je dois vous taire

tout ce que je sens, et il ne m'appartient pas de pénétrer le mystère. Pardonnez, Mademoiselle, un intérêt trop vif m'entraîne au-delà des bornes que je m'étais prescrites. Je ne vous demande point votre secret, je me restreins à former des vœux pour..... Je n'ai point de secret, lui dis-je, ni je ne fais point de mystère. On peut vous avoir rendu que M. de Crémy est venu ici avec des vues d'établissement, et cela est vrai; mais il est faux que tout soit conclu, ou prêt à l'être. Au moins, Mademoiselle, serez-vous maîtresse sur cet important article ? Oui certainement je la serai, fût-ce même aux dépens de ma vie. Vous avez du courage, Mademoiselle, vous comparerez les objets, et vous ne céderez point par faiblesse ; un effort de raison vous mènera à l'autel et je serai la victime : oh c'en est fait ! toute ma vie je serai malheureux ! Je ne puis dire ce que je ferai, lui répondis-je ; quant à ce que je désire, ce serait d'être dans un état d'indépendance qui pût s'allier avec le célibat. Un mari, des enfans m'effraient. Mille soins, mille peines sont attachés au mariage, et je les redoute indépendamment de tout autre objet. Il n'y avait rien là de très - flatteur, je pense. Oserai-je vous demander, me dit-il, Mademoiselle, comment vous avez trouvé M. de Crémy ? La question était délicate : je l'ai jugé, lui répondis-je, comme un homme qui a peu d'usage ; du reste on en dit du bien. Mais qu'elle est l'opinion du public sur mon prétendu

mariage avec M. de Crémy ? On
pense, Mademoiselle, que vous seule
réunissez assez de vertu, assez d'esprit, assez de courage pour courir
les risques du hasard, et en tirer
bon parti. On ajoute d'une commune voix que M. de Crémy sera le
plus heureux de tous les hommes;
ceux qui vous connaissent, pensent
comme moi, que votre bonheur
est en vous-même. Je ne crois pas
qu'on puisse citer une semblable
égalité d'humeur. Cette partie de
votre caractère fait chaque jour mon
admiration. Vous avez tort, lui dis-
je, je n'y ai pas le moindre mérite,
elle est innée en moi..... Mais je
m'aperçois qu'on nous oublie; il est
temps de prévenir le retour de l'ob-
servation ; je m'éloignai, et peu
après il nous quitta.

Je restai cruellement agitée. La
tendresse qu'il avait mise dans ses
protestations avait émue mon ame,
la sagesse de ses réponses avait
excité mon estime, et j'éprouvais
qu'une pénible contrainte laisse encore après elle des regrets que le
devoir condamne.

Je devais compte à madame de
Renelle de l'état de mes affaires,
encore plus de celui de mon cœur.
Je m'empressai de lui en faire
part.

~~~~~~~~~~~~~~~~~~~~~~~~~~~~~

LETTRE

À MADAME DE RENELLE.

--·-·-·-·-·-·-·--

« Je l'ai vu, chère maman, ce M. de Crémy, et tout mon sang s'est glacé dans mes veines. Comment vous rendrai-je ce que j'ai éprouvé? Comment vous retracer ce que j'éprouve encore? Comment, hélas! parviendrai-je à vous peindre un homme qu'il me serait si important que vous définissiez vous-même? Jamais je n'aurai l'esprit assez libre pour suivre le plan que vous m'indiquez, ma bonne amie, mon ame est trop agi-

tée, et mon cœur..... Ah! concevez
dans quelle perplexité il est! Accablée du poids de ma douleur, livrée
à toutes les horreurs de l'incerti-
tude, il ne me reste pas seulement
l'idée du courage. Mes forces m'a-
bandonnent, si j'en ai encore par
intervalle, ce n'est que pour former
le souhait de cesser d'être avant que
le sacrifice se consomme, car il faut
qu'il s'accomplisse et que je sois la
plus malheureuse des créatures : je
le vois bien, la Comtesse y borne
tous ses désirs, et vous, ma bonne
amie, quel langage me tenez-vous?
plus vos raisons sont convaincantes,
moins je suis capable de les entendre. Grand Dieu! trouverai-je
tout l'univers contre moi? La pitié,
la commisération, l'aimable compassion n'habitent-elles plus parmi

les hommes ? Les vertus farouches
et dures ont-elles pris leur place?
O ma bonne amie! s'il est vrai que
je vous sois chère, s'il est possible
que vous ayez passé par d'aussi
cruelles épreuves, rappelez-vous
ce que vous avez souffert et vous
compatirez à ma faiblesse. Vous ne
me demanderez plus ce qu'il y aurait d'affreux à passer dans les bras
d'un autre. Vous le sentirez, vous
vous mettrez à ma place, et vous
ne déchirerez plus mon ame. Mais,
hélas ! je m'égare, je forme des
plaintes, je vous adresse....... j'ose
vous adresser des reproches! pardonnez, chère maman, les écarts
où m'entraîne une passion que je
déteste souvent, que peut-être je
chéris quelquefois, et dont je suis
si peu maîtresse, que mon esprit

ne sait plus qu'errer au gré des agitations qu'elle me cause. Je perds de vue tout ce que je m'étais proposée en vous écrivant. Au lieu de vous parler de M. de Crémy, je ne vous entretiens que de mes peines. Eh! qu'y pouvez-vous? Mais au seul nom de M. de Crémy, mes yeux se baignent de larmes; elles coulent, ma bonne amie, elles inondent le papier; je n'y vois plus, laissez-moi vous quitter, pleurer à mon aise, et me remettre si je puis.

» Eh bien! ma chère maman, que vous dirai-je? Il est bien doux de pleurer ce qu'on aime, qu'il doit être délicieux de..... Malheureuse, qu'oses-tu envisager? un bonheur: eh! il n'en est plus pour toi! cette réflexion est bien amère.... mais je m'égare encore. C'est de M. de Crémy qu'il faut vous entretenir, de cet homme dont tout le monde vante la fortune sans dire un mot du mérite. Que pensez-vous de ce silence? Ma bonne amie, j'avoue qu'il me surprend et m'effraie; puis son empressement m'est suspect. Croyez-vous bien qu'il m'a déjà pressée de conclure : des raisons essentielles, m'a-t-il assuré, l'obligent d'accélérer son mariage, et cela d'un air de confiance qui annonce que d'avance il est persuadé qu'il doit plaire malgré le peu d'envie qu'il paraît en avoir. Quoiqu'assez mal de figure, je conviendrai pourtant qu'il n'a rien de rebutant, sa taille est plutôt petite que grande, il se présente bien, son maintien est noble et aisé. On voit qu'il a de l'éducation sans usages. Il parle peu, ne donne l'air

d'importance à rien de ce qu'il traite;
il semble que se marier soit pour
lui un marché à prendre ou à laisser; il voit tout du même sang froid.
Je n'ai point remarqué qu'il m'ob-
servât le moins du monde, quelque
intérêt qu'il dût y avoir. Lorsqu'on
a parlé d'arrangement : ces choses-
là ne peuvent souffrir de difficulté,
a-t-il répondu ; mon homme d'affaires ou le vôtre dressera les articles
et nous signerons. A ce mot de si-
gner j'ai pâli, puis rougi, et pâli
successivement. Quoiqu'il me regardât il n'a pas paru s'en apercevoir.

» En vérité, ma bonne amie, je
tremble de vous dire ce que je pense,
mais si l'homme qu'on me destine
n'avait ni vertus ni vices, pourriez-
vous me blâmer si je le refusais ?
Née pour sentir vivement pourrais-

je m'habituer à cette manière d'être
qui tient de la non-existence ? Non,
ma sensibilité s'en irriterait ; il me
faut un être sensible comme moi,
où je mourrai à toutes les heures
du jour. Quelle différence d'homme
à homme !..... Vous m'entendez,
chère maman ; hélas ! cette comparaison me coûte bien des larmes. Si
vous aviez pu être témoin de la conversation que je viens d'avoir avec
le pauvre d'Olmane, je doute, ma
bonne amie, que vous.... Mais vous
ne l'aimez pas. Vous et moi lui ont
rendu peu de justice jusqu'à présent.
Quelle délicatesse cependant ! quelle
retenue en me parlant de son rival !
que de regret, que de tendresse,
que d'attachement il m'exprimait,
sans qu'il cherchât à m'éloigner de
remplir mes devoirs ! ah ! chère ma-

man, un cœur de marbre n'y aurait
pas tenu, j'en suis encore dans l'admiration! ne nous aveuglons point;
lui seul pouvait faire mon bonheur,
et sûrement j'aurais fait le sien. Un
nouveau nuage obscurcit ma vue;
adieu, bonne et tendre amie, adieu,
mes malheurs sont à leur comble.
Plût au ciel qu'ils puissent terminer
des jours trop infortunés! j'empor-
terais avec moi deux sentimens bien
vifs, l'amour et la reconnaissance.

» *P. S.* Je reçois dans l'instant
des nouvelles de madame de St.-
Sirant à laquelle je ne songeais plus;
je vous envoie, ma chère maman,
sa lettre et ma réponse. »

LETTRE

DE MADAME DE SAINT-SIRANT.

« Que fais-tu donc, ma chère? on
n'entend plus parler de toi ; ou
plutôt moi seule ignore ce qui se
passe ; car tu vas, tu viens, mais
tu ne donnes pas signe de vie. Son-
gerais-tu encore à notre querelle?
Ma foi tu serais bien sotte, je l'avais
oubliée le lendemain : d'ailleurs il
faut de ces choses-là pour rendre
un commerce plus piquant. L'esprit
y gagne sans que le sentiment s'al-
tère. J'ai demandé plusieurs fois à

ton Marquis si tu étais fâchée, il n'a
pas pu me répondre. Tu es bien discrète avec tes amans. A présent que
voilà M. de Crémy sur les rangs,
on peut parler au pluriel. Mais dis-
moi, ma chère, n'est-ce point un
amoureux transi? Je ne le connais
pas. Depuis qu'il te rend des hommages on sait seulement qu'il existe,
qu'il est riche, qu'il.... Enfin on sait
tout ce qu'on dit en général d'un
garçon à marier. On ne lui accorde
pas infiniment d'esprit, de figure,
ni d'amabilité. Du reste, il passe
pour un bon enfant, et entre nous
c'est tout ce qu'il en faut pour un
mari; avec de la fortune on se dédommage, et quoique tu ne me
demandes point mon avis, je te
conseille très-fort de prendre M. de
Crémy. C'est ton fait, mieux qu'à

tout autre, parce que tu as de l'esprit pour deux. Qu'il se plie à tes volontés, qu'il t'aime, qu'il te laisse ta liberté : les femmes sensées n'en doivent pas désirer davantage. Le point essentiel est de se rendre maîtresse d'abord. Comme nous serons voisines, je pourrai t'instruire des mystères de l'art ; il faudra y avoir recours en dépit de cette franchise dont tu fais un si pompeux étalage, ou tu ne serais jamais qu'une femmelette. Mais le sacrement change un peu la manière de penser. Telle que tu me connais, tout est ici soumis à mes lois. Je feins de leur céder, ils le croient bonnement, tandis que je leur fais vouloir ce qui me plaît, et toujours je les amène à mes fins. Une femme a bien des ressources ; il ne faut qu'un évanouis-

sement à propos. Je n'y manque
point lorsqu'on me contrarie : aussitôt mon mari est à mes genoux, il
pleure, je me plains un peu plus
fort; il se repent, je lui pardonne,
et j'obtiens ainsi les choses les plus
opposées à ses goûts. Tu crois bien
que je ne confie mes ressources à
personne, je me contente d'en profiter et d'en rire quelquefois. Dans
le public, ma chère, conservons
toujours le *decorum*, notre gloire y
est intéressée; nous sommes obli-
gées d'en imposer aux sots, c'est le
premier devoir d'une femme honnête; et tu verras que ce rôle est
souvent assez pénible à soutenir avec
éclat et dignité, pour qu'il soit permis de nous en indemniser. Encore
une fois, qu'un voile épais rende le
mystère impénétrable, que les de-

hors soient tellement pour nous,
que jamais on n'en puisse parler
qu'avec une sorte de vénération;
qu'on nous cite comme des modèles
de douceur, de sagesse, de vertu,
notre tâche sera remplie. Bien folle
qui s'embarrasserait du reste.

» Mais le pauvre d'Olmane comment prend-il ton mariage ? J'imagine que cet évènement va réveiller
sa vanité encore plus que son amour,
car il se flattait que tu ne trouverais
jamais personne qui te voulût, et il
n'aurait point été fâché de te quitter
le premier. Être délaissée, cela est
humiliant! au surplus, ma chère,
sur quelque ton qu'il te parle de
ceci, ne te laisse ni toucher ni at-
tendrir. Un amant fait rarement un
mari commode. Aux importunités
de l'amour succèdent le dégoût et

les tourmens de la jalousie. D'ailleurs
songe que d'Olmane n'a pour lui
que sa jolie mine. Joins-y quelques
airs de cour qu'il ne copie pas toujours merveilleusement. A cela près,
M. de Crémy le vaut au moins par
le nom , et c'est un très-grand objet
dans le monde. Si ces deux hommes
ne t'offrent point le choix des talens,
tu as celui de la fortune, sur lequel
il serait extravagant de balancer
une minute. C'est une amie désin-
téressée qui te le représente, ainsi
tu peux l'en croire.

» J'ai été voir nos bonnes reli-
gieuses depuis peu , elles m'ont reçue à merveille. Madame de Renelle m'a beaucoup questionnée sur
ton compte. Avec tout son esprit
elle n'est point parvenue à savoir
de moi ce qu'elle aurait voulu. J'ai

remarqué que d'Olmane l'inquiète, et qu'elle n'a point en ta vertu toute la confiance que devraient lui inspirer tes principes : je te prie que cela ne nous passe point, fais-en ton profit sans me citer.

» Actuellement je ne sors plus du tout ; j'attends le moment d'accoucher, après quoi je disposerai mon voyage pour la capitale. Le seigneur de St.-Sirant ne goûtait point du tout ce projet, mais il a bien fallu qu'il le signât. M. de Norfalque doit m'accompagner, tu juges de l'utilité dont il sera pour moi dans un pays où il y a tant de belles choses à examiner. Avec son secours je réunirai l'utile et l'agréable. Dépêche-toi d'arriver dans ce canton avant mon départ, ma chère ; on est fort empressé de t'y connaî-

tre, et M. de Norfalque en particulier. C'est le plus aimable des
hommes, il t'enchantera. Le voici
qui frappe à ma porte. Adieu, ma
chère, je te quitte pour prendre
une leçon aussi délicieuse qu'ins-
tructive. »

REPONSE

A MADAME DE SAINT-SIRANT.

« Non, ma chère, je ne suis point fâchée, mais tu t'adressais mal pour le savoir; d'Olmane n'est point accoutumé à mes confidences. Que ne m'écrivais-tu chez la baronne de Souligny puisque tu savais que j'y étais? J'ai apporté de ce voyage une santé bien délabrée; ainsi n'attends point que je réponde aujourd'hui à tes plaisanteries, ma tête est trop mauvaise; je te prie seulement, lorsque tu voudras me donner des conseils, de ne pas les confondre avec tes folies : car il n'est pas possible de différencier, distinguer les unes des autres, et sur cet article j'aime à savoir sur quoi tabler. Puis, je t'avouerai naturellement qu'il n'est point dans mon caractère de plaisanter avec les devoirs, les engagemens et les principes.

» Si je me décide à accepter la main de M. de Crémy, ce sera parce que je lui connaîtrai des vertus. Je n'entends point ce proverbe : *cela est assez bon pour un mari.* Les hommes n'auraient donc qu'à dire : *cela est assez bon pour une femme.* Et de ce mépris général il résulterait de beaux assemblages. Dans ma façon de penser, la personne qu'il nous importe le plus d'estimer, et même d'aimer, est celle avec laquelle nous devons toujours vivre;

tous les trésors du Mexique ne me feraient point passer sur les qualités essentielles.

» Mon but ne tendra pas non plus à maîtriser mon mari si j'en prends un. Je ne suis faite ni pour commander ni pour obéir. Si l'un est plus avantageux que l'autre, je ne sais lequel des deux est le plus ridicule aux yeux des gens sensés. Je t'ai déjà dit ce que je pensais, non pas de tes principes, car j'espère que ce ne sont pas les tiens, mais de ces grands mots gloire, *decorum*, dehors affectés de douceur et de sagesse. Tu peux railler à ton aise ma droiture et ma franchise, une fausse honte ne m'égarera point; dussé-je n'être toute ma vie qu'une *femmelette*, je n'aurai pas recours aux feintes, aux

évanouissemens prémédités pour en
venir à mes fins. Garde ces grands
secrets de l'art, jamais je ne serai
tentée d'en user : quand je ne dé-
sirerai rien que d'honnête , je
n'imagine pas qu'un mari raisonnable me le refuse; au surplus c'est
le cœur qu'il faut gagner , et non
l'esprit qu'il est possible de séduire,
voilà ma maxime.

» A l'égard de la tienne , qu'un
amant devient époux incommode,
je n'entreprendrai pas de la combattre , l'expérience peut seule en
décider ; mais je ne serai vraisemblablement pas à même de l'acquérir. Ne crois point que j'aie le choix
entre M. de Crémy et le marquis
de d'Olmane : ce n'est pas entre eux
que je balance , mais c'est le mariage en lui-même qui fait l'objet

de mes réflexions. Tu prétends qu'on épouse la fortune; moi je pense qu'on épouse le caractère; dans toute autre occasion je pourrais te démontrer que mon système, pour différer des notions devenues générales, est cependant le plus sage; mais je n'en ai pas la force aujourd'hui.

» Tu as surement mal interprété les intentions de madame de Renelle. N'insulte pas une amie que je respecte, et qui a toute ma confiance. Adieu, ma chère, je te souhaite beaucoup de bonheur et beaucoup de plaisir; malgré celui que j'aurais à t'embrasser et à connaître ton héros, ne m'attends point dans tes cantons; j'ai besoin de temps, en vérité très-grand besoin; quand les réflexions sont lentes, les délibération sont toujours tardives. »

LETTRE

DE MADAME DE RENELLE.

« Je confonds mes larmes aux vôtres, ma chère enfant, il n'est pas
nécessaire pour m'y exciter de me
rappeler mes malheurs : ceux que
vous éprouvez suffisent ; ils péné-
trent mon ame. Oui, ma chère petite,
je vous plains, j'entre dans vos peines, je les partage. Que n'avez-vous
pu conserver un cœur libre ! Vous
vous fussiez épargnée bien des maux.
Mais triste jouet des caprices du
sort, il faut payer le tribut à la
sensibilité. Je ne me suis jamais flat-

tée que vous échapperiez aux attraits
qu'elle offre ; toutes vos affections
sont trop tendres. Je formais seulement les vœux les plus sincères,
ils ont été impuissans ; aujourd'hui
mes regrets sont superflus. Les plaintes , les soupirs , les gémissemens
ne vous tireront pas du pas où vous
êtes , c'est de la force et de la raison que vous devez tout attendre.
Elevez-vous donc au-dessus des faiblesses communes, ma chère enfant,
montrez-vous grande dans le malheur , que je reconnaisse cette noble fermeté qui autrefois, par un mé-
lange heureux de douceur, faisait la
base de votre caractère. Les larmes
soulagent, je l'avoue, mais à la longue elles amollissent le cœur , et
énervent le courage. Les circonstances présentes demandent un ef-

fort, exigent du discernement, de la pénétration, du jugement. Toutes vos facultés intellectuelles doivent agir, elles seules peuvent vous éclairer, vous aider à combattre, vous déterminer. Surtout point de comparaison entre M. de Crémy et le marquis de d'Olmane; ce serait ajouter à vos tourmens, sans en tirer aucune utilité.

» Vous m'accuserez de vous dire des vérités dures : vous me taxez d'austérité dans mes conseils : hélas! ma chère petite, si votre bonheur dépendait de moi, j'aurais bientôt mis fin à vos reproches. Que ne puis-je l'acheter au prix mon sang! vous m'êtes plus chère que mon existence, soyez-en sûre. Je voudrais vous préserver du repentir; et je ne le puis qu'en vous présentant les moyens de l'éviter. Répondez aux deux questions que je vais vous faire, peut-être dessilleront-elles vos yeux.

» 1° En rapprochant les objets les plus éloignés, pouvez-vous espérer qu'ils deviennent favorables à vos désirs ? croyez-vous que d'Olmane soit déterminé à attendre les évènemens, et que s'il trouvait dans l'intervalle un bon parti, il ne le prît point ?

» 2° En supposant M. de Crémy un parfait honnête homme, pensez-vous que la Comtesse vous pardonnât de le refuser, et qu'un jour elle ne s'en vengeât pas tout au moins en usant de ses droits lorsqu'il serait question de d'Olmane ?

» Si vous me répondez *non*, ma chère petite, toutes vos incertitudes sont éclipsées ; il ne vous reste que

des combats à soutenir, un sentiment à vaincre, et un examen à
poursuivre. Ne pouvant jamais être
à d'Olmane, vous comprenez combien il serait chimérique de renoncer à tout autre. Une fille de votre
nom doit prendre un état, le célibat n'en est un qu'à l'âge où les
femmes sensées n'en sortent plus.

» Ne croyez point que ce soit la
cause de M. de Crémy que je plaide,
c'est la vôtre. Le portrait que vous
me faites de lui ne le caractérise pas
encore assez pour que je puisse porter aucun jugement. Cependant je ne
suis point ennemie de ces hommes
simples dont l'extérieur ouvert, les
démarches aisées semblent induire
à penser qu'ils aiment le bien,
qu'ils ne se défient point du mal, et
qu'ils ne soupçonnent jamais le vice.

Ma chère enfant, si sur de faibles apparences je l'avais bien défini cet homme qu'on vous destine, oui je regretterais très-fort que sa vertu ne fût point récompensée. Il serait digne de vous, vous seriez digne de lui, et votre union serait l'image de la félicité. Je blâme néanmoins sa précipitation, vous ferez bien de n'y pas céder sitôt. Quelque parti que vous preniez, étudiez un peu son caractère, informez-vous de ses mœurs, assurez-vous qu'il a des vertus. Je ne puis me figurer que son air de bonne foi soit le symbole de l'insensibilité. Attendons et voyons, ma chère petite; le temps quelquefois amène des évènemens dont les circonstances nous mettent à même de juger des hommes.

» J'ai lu la lettre de madame de

St.-Sirant. Qu'on est à plaindre d'avoir de l'esprit, et d'en faire un si mauvais usage! je ne vous recommande point, ma chère enfant, de mépriser ces conseils, ces fausses maximes, qui tendent toutes à se faire un jeu des choses les plus sacrées; je sais que la candeur de votre ame est incorruptible; vous pouvez bien n'être pas exempte de faiblesse, mais jamais vous ne serez ni fourbe, ni fausse, ni vicieuse, et votre amie pourrait devenir tout cela si elle tombait en mauvaise main. Qui change à tout instant sa façon de voir et de juger, n'a jamais de sentiment à soi. Dès qu'il ne faut qu'éblouir l'esprit d'une femme pour la séduire, on peut regarder sa chute comme prochaine.

» La naïveté avec laquelle vous

m'envoyez cette lettre me persuade
qu'il serait inutile de me justifier sur
l'accusation qu'elle renferme : je ga-
gerais même que vous n'y avez pas
fait attention. Je suis surement touchée de cette marque de confiance,
ma chère petite ; mais vos devoirs
m'étant plus chers que les témoi-
gnages les plus flatteurs, je vous
exhorte à être une autre fois plus
fidelle au secret d'autrui. Madame
de St.-Sirant vous priait que cela ne
vous passât pas, c'était une ruse de
plus, j'en conviens. N'importe il ne
vous était point permis de me la
faire connaître. La discrétion et la
prudence ont des règles très-strictes,
très-étendues. Il faut s'accoutumer
de bonne heure à ne les point violer.
Au reste ceci n'est point de votre
part une faute de principe, ce n'est

que la suite des passions qui vous
tyrannisent. Vous n'avez rien vu au-
delà de ce qui vous affectait, et voilà
comme un abîme en pourrait attirer
un autre. Au moins sauvez les apparences vis-à-vis de d'Olmane, qu'il
ne nous devine jamais. A quoi vous
sert-il de l'entendre, dès qu'il ne
peut remédier à rien? Vous y trouvez
de l'adoucissement, me répondrez-
vous? Il est consolant d'être sure
qu'on partage nos maux. Oui, ma
chère petite, c'est une grande douceur, je ne le nie pas; mais croyez-
moi, ce sont autant de traits que
l'amour vous lance, et votre cœur
faiblit sous ses coups. Fuyez, ma
chère enfant, fuyez si vous voulez
vaincre. Une ame tendre soutient
rarement le combat. Adieu aimable
petite, le ciel veuille exaucer les

vœux que je lui adresse ; c'est moi qui mourrais contente si je vous savais heureuse ».

M. de Crémy ne tarda pas à arriver avec M. de Plenneton, son beau-frère ; on me l'avait annoncé comme fort au-dessus de M. de Crémy par l'esprit et le ton. Mais on perd presque toujours à être vanté. M. de Plenneton ne me parut dans le premier abord qu'un petit Gentilhomme campagnard à demi-policé, et un bavard insoutenable. J'étais seule, il me fit un compliment qui ne finissait pas. Lorsque la Comtesse revint, il en recommença un autre dont je ne fus pas plus satisfaite. On parla d'affaire, il en raisonna assez juste, j'aperçus qu'il ne manquait ni de sens, ni d'idées ; mais je pris une très-mauvaise opinion de son cœur

et de sa prudence, quand je sus
après son départ, qu'il n'avait laissé
échapper aucune occasion de des-
servir M. de Crémy dans l'esprit de
M. de Prévalle, avec lequel il avait
beaucoup causé. Nous en conclûmes
qu'un motif d'intérêt dirigeait ses
actions, et que le mariage de son
beau-frère était la chose du monde
qu'il avait le plus à cœur de rompre.
Cette découverte me rendit un peu
plus à moi-même, j'étais bien aise
que tous les obstacles ne vinssent
pas de mon côté, et j'espérais qu'il
saurait en faire naître plus d'un.
Pendant quelque temps nous n'en-
tendîmes plus parler de rien ; cet
intervalle acheva de me faire recouvrer ma philosophie. Moins vivement affectée, je fus plus capable
de comparer la somme des maux

présens, avec la somme des biens à venir. M. de Prévalle m'aidait aussi à faire cette combinaison par quelques mots qu'il semblait ne laisser échapper qu'au hasard d'être mal reçus, et en m'assurant toujours que le oui ou le non dépendaient absolument de moi. Ce ménagement était nécessaire pour conduire les choses à une heureuse fin. Il est constant que si l'on m'eût fait entrevoir la moindre volonté à cet égard, prévenue comme je l'étais, je me serais révoltée, et rien au monde ne m'eût fait céder à la violence. J'en rendis compte à madame de Renelle.

———

~~~~~~

LETTRE

A MADAME DE RENELLE.

« UNE lueur d'espérance me donne
un moment de relâche, ma bonne
amie; il est trop juste que je l'em-
ploie à vous remercier de vos bontés. J'ai retrouvé dans votre dernière lettre votre ame toute entière,
sa tendre compassion, son extrême
indulgence, toutes ces qualités aimables qui vous sont personnelles.
Hélas! vous l'avouerai-je, chère maman? j'ai rougi que tant de vertus,
tant de raison ne fissent qu'effleurer

mon cœur. C'est peu d'admirer, me
dis-je ; je devrais être pénétrée, me
reconnaître convaincue, me jeter
dans les bras de ma digne amie, lui
dire : Vous avez toujours été mon
appui, soyez mon guide, disposez
de moi, ordonnez à votre enfant
de vouloir, et elle exécutera. Mais
quel intervalle immense je voyais
encore entre le désir de bien faire,
et la possibilité de soumettre mes
affections! mon ame semblait se roi-
dir contre elle-même ; l'amour et
l'amitié se disputaient mon cœur,
se l'enlevaient tour à tour ; je conviens à ma honte que le triomphe
de l'un diminuait les droits de l'autre:
je ne vous en aimais pas moins,
ma bonne amie, croyez-le bien, je
vous le demande en grace, car si
c'était à vous qu'il eût fallu sacrifier

28

d'Olmane, je doute que j'eusse hé-
sité. Mais c'était à un autre que vous
vouliez me donner.... Vous me comprenez, ma bonne amie, je n'ose
pas achever. Tout ce que je puis
vous avouer encore c'est que vos
deux questions, hélas! trop faciles
à résoudre, vos conseils et générale-
lement toute votre lettre m'avaient
enfoncé le poignard dans le cœur.
La violente contradiction de mes
peines avait tari mes larmes; j'étais
réduite à me plaindre de ne pouvoir
plus m'affliger. Quel état, chère
maman! non il n'en est point de si
cruel. Mais je vous parle du passé
comme d'un songe, ma chère amie,
cela vous surprend. Peut-être avez-
vous entendu par le mot d'espérance,
que je pouvais me flatter enfin d'appartenir à d'Olmane? Non, chère

maman, à peine le croirais-je, si je
me voyais au pied de l'autel avec lui,
ma main dans la sienne, écoutant
son serment, prononçant le mien,
je regarderais encore si mes yeux
ne me trompent point, Soyez certaine que je ne me fais pas illusion;
l'amour qui, dit-on, repaît l'ame
d'agréables chimères, ne m'offre
pour tout bien que de tristes vérités.
Que je serais heureuse de n'être
jamais qu'à moi-même. Depuis un
mois M. de Crémy n'a paru, et l'on
n'a pas entendu parler de lui du
moins de sa part, car la Comtesse
en parle à toute heure. Elle s'afflige
et s'inquiète à sa manière, tandis
que je me réjouis à la mienne. D'Olmane s'étonne de mon air gai et satisfait, sûrement il n'en pénètre pas
la cause; je vois même qu'il s'en

attriste davantage. Mais je dois me taire, et sentir ses maux sans oser paraître les partager. Chère maman, que de contradictions on aperçoit quand il est possible de réfléchir ! ici c'est un abus qui en réforme un autre ; là c'est une vertu qui détruit un sentiment naturel et vertueux ; partout c'est le préjugé qui domine, et qui triomphe quelquefois de la vertu, toujours de la nature. Ah ! ma bonne amie, si la vie n'est qu'un voyage court, qu'il est pénible, et quel néant dans les choses d'ici bas ! On vient m'interrompre..... des lettres de la poste..... Y en aurait-il de vous, chère maman ? Un autre messager, un exprès avec une lettre, je vois une enveloppe : le frisson me prend, bon Dieu que vais-je devenir ! c'est de M. de Crémy : que me veut-il, ma bonne amie? Je vous quitte, il faut lire, mais le pourrai-je?

» *P. S.* Me voici replongée, chère maman, dans l'abyme dont je me croyais sortie. La félicité d'un instant ne sert qu'à rendre le malheur plus amer. M. de Crémy m'apprend son raccommodement avec madame sa sœur. Il sait que je dois aller à la Rochelle..... il se propose de m'y joindre. Qui l'informe donc si bien? A-t-il des espions? Fatale lettre! elle me ravit tout en un jour, plaisirs présens, projets futurs. Tranche le cours d'une vie innocente, destin cruel, n'atttend pas qu'elle puisse devenir coupable!

» Ci-joint sont les lettres et ma réponse; vous en trouverez une de la pauvre St.-Sirant; si j'ai tort cette fois-ci de vous l'envoyer, je suis ex-

cusable, car à peine l'ai-je lue. Vous
me la renverrez pour que j'y réponde. Aujourd'hui il me serait impossible de le faire. Plaignez votre élève,
ma bonne amie, plaignez-la : je vous
assure qu'elle est digne de compassion. L'excès de sa douleur n'empêche cependant pas que son cœur
ne batte encore pour la meilleure et
la plus tendre des mamans. »

LETTRE

DE M. DE CRÉMY.

« MADEMOISELLE,

« La répugnance invincible que je vous ai vue pour entrer dans une famille désunie (ce furent vos termes), m'a fait faire les derniers efforts pour me réunir avec ma sœur. Des difficultés d'intérêt avaient fait naître l'altercation. En sacrifiant ces motifs, j'espère enfin recouvrer la paix et rétablir l'union. Mais les soins que j'ai pris pour y parvenir, et les nouvelles affaires qui vont en résulter m'ont privé et me priveront encore pendant quelque temps d'aller vous assurer de mon respect. J'ai appris que vous deviez vous rendre dans huit jours à la Rochelle; si madame votre mère et vous, Mademoiselle, veulent bien me le permettre, j'aurai l'honneur de vous y voir avec mon beau-frère. Nous descendrons chez M. de Niord qui est notre ami commun. Serai-je assez heureux pour que vous ne trouviez plus d'objections à m'opposer? En ce cas on pourra de part et d'autre régler les choses les plus essentielles. J'attends vos ordres et ceux de madame la Comtesse. Permettez-moi de lui présenter mes hommages. »

FIN DU SECOND VOLUME.